Taro Matsui

A barca vazia

Organização
Associação Cultural e Literária
Nikkei Bungaku do Brasil
Michiyo Nakata

Tradução
Lídia Ivasa

São Paulo, 2015

Copyright do texto © 2015 Taro Matsui
Copyright da edição © 2015 Escrituras Editora

A barca vazia é uma tradução para a língua portuguesa do livro original em língua japonesa, cujo título é *Utsurobune*, de Taro Matsui.

Todos os direitos desta edição reservados à
Escrituras Editora e Distribuidora de Livros Ltda.
Rua Maestro Callia, 123 – Vila Mariana – São Paulo, SP – 04012-100
Tel.: (11) 5904-4499 / Fax: (11) 5904-4495
escrituras@escrituras.com.br
www.escrituras.com.br

Diretor editorial: Raimundo Gadelha
Coordenação editorial: Mariana Cardoso
Assistente editorial: Gabriel Antonio Urquiri
Tradução: Lídia Ivasa
Revisão da tradução: Meiko Shimon
Revisão: Simone Scavassa
Imagem da capa: Raimundo Gadelha
Capa: Bruno Brum e Raimundo Gadelha
Projeto gráfico e diagramação: Bruno Brum
Impressão: Assahi Gráfica

```
          Dados Internacionais de Catalogação na Publicação (CIP)
                  (Câmara Brasileira do Livro, SP, Brasil)

          Matsui, Taro
              A barca vazia / Taro Matsui. — São Paulo:
          Escrituras Editora, 2015.

              ISBN 978-85-7531-651-1

              1. Contos japoneses I. Título.

          15-07215                                    CDD-895.635

                      Índices para catálogo sistemático:
                  1. Contos: Literatura japonesa    895.635
```

Impresso no Brasil
Printed in Brazil

Sumário

PRIMEIRA PARTE, 5

Escondido no campo, 7

Uma linda boneca, 21

Rio de chuva, 42

Queimando a canoa, 60

SEGUNDA PARTE, 81

O errante, 83

Morando próximo ao rio, 103

A enchente, 124

A morte de Inês, 143

Carma, 161

Maria Irene, 181

Primeira parte

Escondido no campo

Há dois dias seguidos, bandos de tesouras voavam em direção ao sul. Talvez o tempo estivesse mudando na distante região de onde esses pássaros partiram em viagem. No calendário ilustrado, pregado na parede de barro do quarto, a estação seca do inverno já terminara e anunciando a primavera, tinha início a estação chuvosa.

Na região remota em que o afluente do rio P alcança para demarcar a fronteira do estado, fazia noventa dias que não recebia chuva suficiente para molhar o solo, e a lama do pântano começava a rachar. Com o passar dos dias, as rachaduras em formato de casco de tartaruga aumentavam como se fosse a boca ofegante dos animais que pedem água.

Até mesmo o pasto viçoso que crescera alto durante o verão perdia o vigor aos poucos, ganhando uma cor acinzentada e suja. Vez ou outra, rajadas de vento repentinas tombavam toda a pastagem sem encontrar qualquer resistência.

Não havia sinal de que o tempo iria mudar e os dias quentes e sem vento continuavam. Depois de alguns dias desde que o bando de pássaros se foi, ao longe via-se, no céu a oeste, algumas colunas de fumaça que se levantavam dos incêndios. Elas subiam retas, às vezes levadas pelo vento, e coloriam o céu de vermelho após o pôr do sol.

Já faz um mês desde que fui à fazenda dos Dias pedir a Gonçalves que enviasse um comerciante, pois queria me desfazer dos animais que engordei entre o outono e o inverno, mas até agora não obtive resposta. As provisões que tinha se esgotaram. De qualquer forma, logo iria à cidade, na fronteira do estado, para resolver diversos assuntos. Contudo, enquanto a fumaça dos incêndios se levantasse, mesmo distante, não poderia me ausentar de casa nem por um dia.

Preciso ficar alerta para proteger os porcos e o carneiro, criados soltos, das chamas carregadas pelo vento, fenômeno que ocorria durante a mudança de estação. Ao redor da casa e do cercado de animais, preparei um caminho corta-fogo, de dez metros de largura, para me prevenir do incêndio. Fiz isso ao notar que as chamas ganhavam força dia após dia. Já que tocar o contrafogo era estritamente proibido pela fazenda, não havia nada mais a fazer de minha parte.

Desde ontem, um sapo escondido em algum lugar da cozinha coaxava com insistência, talvez fosse um sinal de que o tempo fecharia logo.

Além de tratar da criação de animais, não havia nenhum trabalho para alguém sozinho como eu fazer até a chuva vir. Mas me acostumei aos hábitos dessa região: trabalho de manhã bem cedo até antes do meio-dia e tiro uma sesta até às quatro horas nos dias quentes, depois volto a trabalhar um pouco até o sol se pôr. A manhã inicia-se bem cedo. Acordo quando a claridade do amanhecer entra pelas frestas da parede. Troco de roupa ainda no escuro, no quarto de chão de terra batida e, após pegar a água do barril com uma concha feita de uma cabaça partida ao meio, enxáguo a boca e molho o rosto, como os nativos fazem.

Pego uma foice grande e desço até a margem do rio. Recebi da fazenda uma ovelha leiteira, mas seu leite está secando aos poucos. A ovelha, nervosa, apenas aproximava o focinho da grama, com cheiro de fezes e urina, dilatava as narinas, mas não comia a grama de jeito algum. Por isso, ultimamente, atravessar o rio para cortar um fardo de capim fresco tornou-se meu trabalho matinal.

Na estação das chuvas, a água do rio transborda, correndo para as terras baixas e formando inúmeros pântanos. Mas hoje, no afluente que cria esses pântanos, já se pode ver as pedras no fundo do rio entre os canais, por causa da diminuição da água. O barranco de argila — a que período de formação do solo pertenceria? — formado por manchas amarelas, alcançava os três metros de altura.

Consegui cortar um fardo de grama em pouco tempo, então fui verificar o monjolo, que me chamava atenção há algum tempo. Se o comerciante não viesse logo, seria preciso beneficiar o arroz. Não se sabe quem construiu essa velha instalação embaixo da ponte de passagem dos bois, mas possuía força para beneficiar uma saca de sessenta quilos de arroz por dia e foi bastante útil para fazer farinha de milho. No entanto, a água puxada do rio secou e da caixa de água levantada e rachada, pendiam algas.

Seria bom se pudesse me sustentar com mandioca, milho, carne seca e caldo de feijão, assim como os nativos, mas não conseguia me acostumar de modo algum a esse tipo rústico de alimento, feito só para encher a barriga, por causa do meu estômago delicado. Porém, até que o caminhão com o carregamento viesse, não poderia querer somente as coisas que me agradassem.

O comerciante a quem requisitei é o irmão mais novo do dono da fazenda, Leo, que tinha esta região toda como zona de comércio e negociava na estação da seca.

É raro um estranho aparecer, mas algumas vezes, um vendedor ambulante aparecia de jipe. Da última vez, ele se interessou pelas peles de leopardo e de capivara estendidas na parede e pediu para eu vender. Vi o valor que ele me pagou e entendi por que os vaqueiros ficam loucos para caçar. Com a expressão de quem quer abordar um assunto de maior importância, baixou a voz, apesar de desnecessário:

— Chefe, não tem uma erva aí? Pago bem, hein?

Ouvi dizer que, aproveitando a região pouco habitada, algumas pessoas cultivavam a maconha, mas ao dizer que eu era apenas um criador de porcos e que não tinha interesse por ervas alucinógenas, ele deu um sorriso forçado e disse:

— Fui a uma casa uma vez, rio acima. Achei seus traços muito parecidos com os deles. Por acaso são parentes?

A barca vazia

O vendedor ambulante pensou que eu fosse um dos nativos que só se casam entre si. João me contou sobre uma família *nikkei* que morava rio acima. Será que estava falando deles?

Desapontado, assim que subiu no jipe, o vendedor levantou poeira com as rodas traseiras e desapareceu nos confins do campo. O cheiro de gasolina que ficou trouxe lembranças do passado que eu deveria ter esquecido e minha cabeça latejou por dois ou três dias.

Parece que fará calor mais uma vez, e o suor brilhava na pele ao me movimentar um pouco. Depois de terminar de dar ração aos animais, tomei um café da manhã trivial: arroz temperado, carne seca assada na brasa e sopa de feijão. Como tinha tempo até o pôr do sol, deitei na rede, vestindo apenas um calção. A cachaça que bebi antes de comer fez efeito, e não me lembro de quando adormeci, mas acordei com os latidos do cachorro. Rapidamente, vesti uma camisa e peguei o rifle automático da parede. Ao espiar pela janela, vi Gonçalves e uma jovem se aproximarem, a cavalo.

Os dois entraram pelo pátio e apearam. O fazendeiro batia o cano das botas com o rebenque enquanto se aproximava da porta.

Tinha um rosto esguio, de cor castanho claro, como se fosse envernizado, e sua barba era branca. Parece que descendia de uma linhagem mestiça de portugueses e índios . É o líder de uma antiga família da região. Mesmo sendo analfabeto, possui um ar de dignidade. A jovem vestia uma calça azul escura com uma blusa branca de náilon desbotada, e como amarrava as pontas na frente, expunha seu umbigo. Era alta, de compleição magra, e sua pele branca indicava que foi criada na cidade grande.

— Que seca, hein?

Sem qualquer saudação, o fazendeiro disse baixinho, como se fosse para si mesmo.

— É uma pena, até o gado está emagrecendo.

Ao responder por educação, o fazendeiro falou:

— Os animais só emagrecem, não tem jeito.

— Mas acredito que a chuva virá — eu disse.

— Gostaria que fosse assim. Leo veio ontem, falou que queria passar a festa de São João aqui, então o carregamento de porcos será feito amanhã ao meio-dia. Ah, esta é minha sobrinha. É a filha do meu irmão mais novo. Disse que queria cavalgar, então a trouxe comigo.

Gonçalves explicou e olhou para a moça. Ela mostrou um leve sorriso, mas seus olhos acinzentados, levemente azuis, eram frios.

— Senhorita, sou Mário. Trabalho por estas bandas, muito prazer.

Saudei-a como as pessoas daqui fazem, com uma polidez exagerada.

— Então, até a noite.

E ao dizer isso, Gonçalves montou no cavalo.

Na época em que ainda me fixava por aqui, nem sempre ganhei os favores da família Dias como agora. Pelo contrário, faziam maldades para me obrigar a ir embora.

Não entrei na propriedade alheia sem permissão. Paguei a taxa de arrendamento para João (um dos irmãos mais novos do Gonçalves). A bebida o arruinou e conseguia sustentar a família com barcos de carregamento de areia. Apesar de ser uma pessoa escusa, o dono da hospedaria Mansaku, à margem do rio principal, era um velho conhecido, foi graças a ele que conversei com João e consegui um contrato firmando um acordo particular.

Transportei meus pertences em três canoas e, quando comecei a trabalhar, um dos valentões da família veio para me ameaçar. Contudo, depois daquele incidente, passaram a enviar mensageiros da fazenda ou a impor favores. Eu sempre procurei manter distância, mas isso tem um limite.

O incidente aconteceu no final da estação chuvosa do ano passado, no dia seguinte a uma chuvarada forte. As telhas se deslocaram por causa do vento e goteiras caíram sobre as provisões;

não poderia deixar nesse estado e subi no telhado. O tempo estava ensolarado, agradável e fresco por causa da chuva. Algumas nuvens flutuavam alto, como se uma vassoura as tivesse espalhado. Sob esse céu, ao longe, havia um horizonte levemente curvado e azulado.

Talvez existisse uma estrada de ferro para Assunção naquela direção, pois já ouvi o apito do trem, levado pelo vento no meio da noite.

Visto do telhado, o rio era próximo e o volume de água não era tão grande, mas a correnteza estava turbulenta após a chuva. Terminei o conserto das telhas, mas a sensação refrescante me impediu de descer do telhado. Essa terra tem o formato que lembra uma protuberância que avança o rio: mas era como um cabo cercado por água e tinha, no meio, o caminho em direção à fazenda.

Com essa chuva, a colheita de arroz nos campos estava garantida, e as barbas castanhas do milho começavam a despontar. Arrendei todo o terreno de João, mas provavelmente não uso nem um décimo dessa terra. Nesse momento, ainda um pouco distraído, ouvi gritos de alguém. Olhando para a direção das vozes, vi dois garotos em uma canoa, deslizando pela forte correnteza. Um deles era quem estava gritando. Pelo jeito cômico de seus movimentos, logo entendi que eles estavam caçoando de mim.

Estavam fazendo algo perigoso. E como por mágica, a canoa virou. Eles conseguiram se segurar no fundo da embarcação, mas até quando iriam aguentar? Dali a duzentos metros, rio abaixo, havia uma corredeira. Se caíssem ali, era certo que os dois e a canoa seriam tragados pela correnteza.

Não sei como desci do telhado, nem por onde e como corri, mas quando dei por mim estava colocando os pés no meio da correnteza que levantava meu corpo. Após um tempo, consegui alcançar a canoa. Não pensei em deter a embarcação, mas naquele momento agarrei a proa. A popa girou, empurrada pela correnteza, e o casco foi parar nas areias da margem do rio.

Assustados, os dois não conseguiam se levantar, porém não beberam água e nem pareciam machucados.

Na véspera da festa de São João, o tempo estava estável ao entardecer e o incêndio dava mostras de que tinha estagnado por algum tempo. Achei que em uma noite como esta não ventaria forte. Resolvi aceitar o convite de Gonçalves. Já faz bastante tempo que eu não ia a sua casa, apesar dos convites. Andando a cavalo por uma estreita estrada de seis quilômetros, o campo estava escuro, mas no céu, a oeste, restava um pouco de luminosidade; ao redor do cavalo, morcegos passavam voando. Finalmente, avistei a colina com luzes amarelas que vinham das janelas do casarão.

O portão da entrada principal eram dois troncos de madeira e, em cima deles, havia um crânio de boi, usado para afastar os maus espíritos. Passando pela entrada sem porteira, amarrei o cavalo na cerca abaixo do piso da casa e, após cumprimentar o fazendeiro na sala de estar, fui para o pátio. No amplo terreno arenoso, que cheirava a esterco de animal e incomodava as narinas, lenha empilhada feito uma montanha ardia em chamas. Ao redor da fogueira, tábuas foram colocadas como bancos. Cerca de dez pessoas já estavam sentadas e pareciam interessadas na conversa, gesticulando muito. As crianças brincavam com os cachorros ao redor da fogueira e suas sombras moviam-se em desordem no chão de areia.

— Bem-vindo.

Cumprimentando com uma voz clara, quem se sentou ao meu lado foi a jovem que vi nesta tarde.

— *Brigado*, o senhor seu tio me convidou.

Respondi, escolhendo palavras típicas de campônio, mas ela riu alto, mostrando seus dentes brancos.

— Mesmo que consiga enganar esses peões, não vai funcionar comigo. De alguma maneira, está estampado no rosto daqueles que tiveram uma educação superior.

— Sou *nikkei*, mas apenas um andarilho.

A barca vazia

— É mesmo? Se você diz, deve ter alguma razão para vir a uma região tão remota para morar sozinho.

— Não tenho um motivo em particular. Por um acaso do destino, estou apenas criando porcos aqui, mas poderia ser em outro lugar.

— Por falar nisso, meu tio disse que tentou expulsá-lo daqui, há algum tempo, não é?

— Isso aconteceu, mas não penso em ser bem recebido pelas pessoas daqui.

— Parece que você resgatou meus primos. Para meu tio, você não é o salvador da vida deles?

— Naquele momento, apenas estava por perto, me embaraça ao falar com exagero.

Embalado pelo som do violão tocado por um hábil vaqueiro, a família Dias e os vizinhos começaram a dançar. Uma menina de uns dez anos trouxe batata-doce assada em espetos. Tinha feições delicadas, mas com ar abobalhado. A moça pegou dois espetos e ofereceu um para mim.

— A família Dias tem apenas reputação, mas está quase arruinada. Com receio em dividir as terras, casaram-se apenas entre parentes e veja o resultado. Naquela roda de dança, apenas dois dariam conta de si mesmos, e mesmo assim, mal conseguem ler e escrever. Se fossem bem-instruídos, uns cinco ou seis homens conseguiriam dar conta do trabalho, mas há vinte homens que passam o dia todo ociosos. Não tomam nenhuma providência: sem ração suficiente, deixam porcos e ovelhas procriarem à vontade e acham natural o gado que engordou com o pasto do verão emagrecer até virar ossos e couro no inverno.

— Mas o patrão deve ter algo em mente.

— Você pensa isso? Fui com meu tio até sua casa, não foi? Na ocasião, fiquei admirada, porque vi que você era realmente um criador de porcos. Teria sido melhor se meu tio não cedesse para os mais novos e ele mesmo tomasse conta. Continua do mesmo jeito, não é? Ele não tem olhos para avaliar as pessoas.

Uma sombra surgiu e parou. Um jovem de expressão um tanto imbecil trouxe, em uma cuia de cabaça, amendoim torrado com casca e deu um punhado para cada um.

— Irmão, coma isso e beba quentão, te dará forças que só com suas mãos não ficará satisfeito. Não é, mana?

— Seu bobo!

A jovem corou e repreendeu o rapaz.

— São desse jeito, tão mal-educados que não podemos apresentar diante de estranhos. Um dos meninos que você salvou é filho de uma moça da família que meu tio engravidou, mas minha tia finge não saber.

Por que essa jovem está contando para um desconhecido como eu, esses segredos de família?

— Você não gosta das pessoas desta família?

Fiquei interessado por seu ponto de vista cético e, sem querer, fiz uma pergunta desnecessária.

— Não tenho porque odiá-las. Eu também sou uma integrante da família Dias. Se eu fosse homem, ficaria aqui e implantaria reformas radicais, mas venho apenas uma vez por ano acompanhando o meu pai; não conseguiria fazer uma revolução. Será que você poderia se mudar para cá? Gostaria que cuidasse da fazenda. Seria tratado como quisesse. Meu tio também aprova.

— Fico feliz pela consideração, mas não combina comigo ficar preso a alguém.

— Você é realmente um notável misantropo, não é?

Desde que encontrei com essa moça, tive cautela e senti que ela estava tentando me manipular, mas fingi não perceber e olhei para os que estavam dançando.

O comerciante Leo veio no dia combinado, depois do almoço. As provisões que tinha encomendado, pois este seria o último

A barca vazia

15

carregamento, não chegaram do armazém de Mansaku. Foi um terrível problema. Leo passou na loja. Mas, segundo boatos, houve uma batida e as portas do estabelecimento estavam fechadas.

Nessa época do ano, um barco de porte que carregasse mantimentos não entrava em afluentes, e da balsa do rio principal gastava-se dois dias de carroça, mas não havia outros meios.

Os dois ajudantes começaram a fazer o carregamento dos porcos. Assustados com os súbitos invasores, os porcos fugiam e guinchavam de medo, mas eram logo pegos pelos homens acostumados ao trabalho. Espumando pela boca, essas massas de carne pesada, eram postos sem dificuldade dentro da gaiola. Por serem animais de que tratei todos os dias, uma vez entregue ao comerciante, não tive vontade de ajudar.

Sem nada para fazer, dei a volta para frente do veículo coberto de terra vermelha e vi por acaso o número da placa. O registro era da cidade A "Ah, a cidade A". O fato inesperado quase me fez falar alto. Desconhecia completamente que o comerciante de animais da família Dias tinha como base a cidade A.

Segundo a conversa dos ajudantes que terminaram o carregamento, eles iriam até a fronteira do estado, embarcando na última balsa e seguiriam de carro noite afora. Leo inclinava a cabeça e, lambendo o lápis, fez as contas em uma caderneta, tirando da pochete, presa na cintura, um maço de notas. Acabou de contar e disse:

— Irmão, confere — e me entregou as notas.

Comemorando o fechamento do negócio com pinga e aproveitando a atmosfera alegre, perguntei como por acaso sobre a cidade A.

— Pois é, mudei-me neste ano, meu frigorífico construiu um novo depósito na cidade A, e era um tanto ruim trabalhar lá morando na cidade B, acabei me mudando para onde estou agora. Ainda não faz nem meio ano, e como não estive lá ainda, não conheço direito. Um dos garotos que trouxe nasceu lá, pergunte a ele.

Assim que disse, colocou as mãos no cocho de água do cavalo e lavou o rosto.

O garoto, ruivo e de sardas pelo rosto, falou que sua casa fica atrás de uma serraria fora da cidade, na direção da cidade S. Sabia que ficava abaixo da fábrica do velho Nogueira. Perguntei por acaso e ele disse que não havia uma fazenda de café na colina que ficava em um vale depois do cemitério comunitário. A cidade A era conhecida como a cidade dos cavalos, mas com o avanço dos grandes frigoríficos, a cidade cresceu, e a região daquela colina transformou-se em uma área residencial.

— Por acaso o tio tem por lá alguma moça que não consegue esquecer?

O garoto me olhou com uma expressão indagadora, mas achando graça, sorriu, criando rugas no nariz.

— Que é isso! Só perguntei porque já trabalhei lá como diarista.

Leo, que estava com a cabeça enfiada na cabine do motorista, desceu e disse:

— Já ia me esquecendo. Irmão, assina neste papel. Ultimamente, estão muito chatos. Se não tiver a assinatura do vendedor, a multa é alta lá na travessia.

Leo, com seus dedos grossos, arrumou os documentos intercalados com papel carbono na minha frente.

Se soubesse que passaria por essa situação, teria sido melhor não ter falado nada sobre a cidade A. Porém, pensando novamente, não seria possível que meus conhecidos no bairro de Peroba, que não tinham relação alguma, fossem descobrir onde moro agora com a assinatura dessas duas faturas.

— Se Deus quiser, ano que vem volto.

E Leo acenou com a mão da janela do veículo, bem-humorado por fechar um grande negócio. Ao dar a partida, o caminhão soltou fumaça preta do escapamento, deixando marcas de pneus na estrada fofa, e balançava para os lados. Alcançou a estrada

A barca vazia

principal, aumentou a velocidade e desapareceu além da poeira de areia.

As provisões aguardadas não chegaram, e a falta de sal, que já estava poupando, chegou ao limite da paciência. Poderia ir à fazenda e pedir emprestada uma quantidade para uso imediato, mas a filha de Leo ainda estava lá, e eu não queria encontrar com ela. Resolvi ir até a casa dos japoneses que moravam rio acima, conforme um dos rapazes Dias me disse uma vez. Como não fazia ideia da topografia do lugar, decidi ir a pé. Margeando o rio, andei uns quatro quilômetros e cheguei a uma curva do curso, quando deparei com um dos lados do campo de taboa. Fiz um grande desvio do pântano e entrei em uma mata aberta num platô. Nessa época, não era preciso tomar cuidado com cobras venenosas, mas irritava abrir caminho entre gravatas. Ao sair da mata, havia um campo de capim-açu e inúmeras torres de cupinzeiros. Ao seguir pisando no capim seco, avistei um depósito com telhado de zinco enferrujado, na colina além do vale raso e sem água. O centro do telhado estava amassado para dentro e parecia que a construção estava prestes a ruir.

Ao descer pelo estreito caminho em direção ao rio avistei, à sombra da paineira de tronco gordo, uma mulher lavando roupa dentro do rio. Apesar de ter vindo até aqui para encontrar alguém, ver uma pessoa nesta terra solitária e deserta aumentava ainda mais minha emoção. Pensei que, ao chamá-la de repente, ela se assustaria e assobiei levemente. A mulher levou um susto, como imaginei, e escondeu-se rapidamente atrás da paineira.

— Não se aproxime ou eu atiro!

Ela gritou com uma voz estridente. Senti a tensão provocada pela real ameaça de puxar o gatilho se me aproximasse. Para mostrar que não tinha segundas intenções, coloquei as mãos em cima da cabeça.

— Moro depois da ponte. Estou em apuros porque meu sal acabou. Não pode me dar um pouco, se estiver sobrando?

Pedi com humildade. A mulher me observou com os olhos de um animal.

— Você é o japonês que vive na fazenda dos Dias?

— Só meu sangue é japonês, sou nascido aqui.

A mulher acenou para que eu esperasse, afastou-se da paineira e correu, subindo a estrada. Quando finalmente retornou, com os braços tremendo levemente pela palpitação, trouxe abraçada uma pedra de sal de uns cinco quilos. Ao jogar a pedra no chão, engasgou ofegante, tossindo muito e cuspindo catarro na água.

Será que buscar correndo o sal que pedi causou a tosse? Talvez alguma doença maligna a estivesse consumindo, uma coisa pegajosa parecida com seiva flutuava na água e se espalhou na correnteza.

— Você está doente?

— Há muito tempo estou assim.

— Tem febre?

— Não, mas me sinto muito cansada.

— Não é melhor ir até o porto uma vez e consultar um médico?

— Não me deixam sair de casa.

Com uma impressão estranha a respeito, despedi-me dela. Ao atravessar o rio pelo caminho de volta que ela me ensinou vi, no fundo raso da fraca correnteza que cobria o cascalho cor de caramelo, numerosos caramujos pretos amontoados em cima de outros caramujos, e por cima deles também havia outros, mexendo, esticando e arrastando suas línguas compridas. Se há tantas conchas hospedeiras do terrível parasita causador de esquistossomose nesse rio, não há dúvidas de que essa é a origem da doença da mulher, já que ela sempre entra no rio, descalça.

Teria me feito mal por ter mordido um pedaço da pedra de sal que tinha recebido? No caminho de volta sob o sol ardente, salivava muito. Estava com dor de cabeça e quando cheguei a casa, não queria nem comer.

Acho que não foi uma boa ideia passar a noite inteira da véspera da festa de São João próximo à fogueira, ou talvez o comerciante de animais e seus ajudantes tenham transmitido um forte resfriado.

Senti muito calafrio. Pensei até que fosse malária. Mastiguei e engoli um comprimido de aspirina que tinha guardado. Sentia muito frio.

Uma linda boneca

Não sei por quantos dias passei com a consciência confusa, sem saber a situação difícil a que estava preso, sonhando com a sombra de uma mulher que se projetava na cortina fina. Ana, a mulher que já não posso mais chamar de esposa, estava perto de mim e dizia, chorando: "Sua febre já passou. Esperava seu retorno do Rio de Janeiro, mas não voltou. Por que vive sozinho nessa terra inóspita?".

Se ela tivesse um pingo do afeto que vi em sonho, eu não estaria doente nesta terra agreste, sem ninguém para cuidar de mim.

Acordei assustado, ao ouvir o som de algo caindo. A imagem da mulher desapareceu com meu sonho, e lá fora estava estranhamente mais claro que o interior do quarto; percebi que algo alarmante estava acontecendo.

Levantei, saí da rede e pus os pés no chão de terra. A cabeça ainda rodava, mas conseguia andar. Peguei água do barril com a concha de cabaça e bebi com o mel de jataí. A água que passava pela garganta inflamada deixava um gosto doce, sensibilizando o estômago. Não estava seguro quanto à minha resistência física depois dessa gripe, mas meus pés estavam firmes, pisando no chão de terra.

Pela fumaça que entrava no quarto, percebi a mudança do tempo e calculei que o incêndio estava próximo, mas logo tive que reconhecer que subestimei a situação em que me encontrava.

Como sempre fazia, fui até a porta e, ao destrancá-la, ela abriu como se fosse chutada por fora. Uma rajada de vento entrou inesperadamente. Apoiado na maçaneta, consegui sair, mas sem querer gritei. Era aquele mesmo incêndio daqueles dias sem vento, que ardia distante, sem chamas, mas que agora, carregado pelo vento, ganhara velocidade e força. Pela fumaça abundante e pela quantidade de faíscas e cinzas, o fogo avançou enquanto consumia os extensos campos secos. Pelo que podia perceber das chamas que se levantavam além da visão, presumi que o fogo já havia ultrapassado a linha corta-fogo.

Com esse vento, já não havia o que fazer; era tarde demais. Chamei meu cachorro, Tigre, que late com a menor anormalidade, mas ele não apareceu. Estivera prestando atenção ao avanço do fogo, aguentado a falta de provisões e adiando a viagem de três dias para o porto, na fronteira do estado. Por mais que estivesse delirando com a febre e não tivesse como me redimir, não adiantava me arrepender de que sonhara com a ex-esposa, de quem só carrego medo e ódio. Estava por um triz de ser envolvido pelo fogo e pela fumaça.

Nas fazendas desta região, quando preveem que uma calamidade como enchentes ou incêndios está por vir, costumam chamar o gado espalhado pelo pasto com o berrante e o reunir em um cercado. O pasto da fazenda dos Dias, com dez quilômetros de extensão e fazendo fronteira com as propriedades vizinhas, possui cabanas atrás de colinas ou margens de rios próximos às divisas, onde peões de confiança estão sempre vigiando a movimentação do gado marcado com selo próprio. Sempre que ocorre um incêndio, dependendo da direção do vento, tocam o contrafogo.

E quando ocorre essa situação, o fogo aparece em locais inesperadamente próximos. A fumaça que sobe de um dos lados da terra arrendada parece ser um desses contra-fogo. Carregadas pelo vento, as labaredas queimam altas ou são empurradas, correndo baixas pela terra, consumindo todo o pântano ressecado, não deixando um pedaço de capim seco.

O vento se tornou mais forte e começou a arrancar as pesadas telhas do teto como se fossem folhas secas. Cada minuto era precioso, mas pensei como um legítimo criador de animais e fui até o cercado de cavalos. Alazão tinha cortado o arame farpado e fugira. Voltei e fui para o chiqueiro. Os leitões e as vinte cabeças de porcas que havia deixado para reprodução estavam sufocados pela fumaça, encurralados em um canto do cercado, guinchando e disputando lugar para se enterrarem sob outros porcos. Removi uma tábua meio solta, e um macho, assustado, correu em direção ao vento. Todos o seguiram e foram engolidos pela fumaça. Não havia mais o que fazer depois disso. Abri também o cercado da cabra. Não pude abandonar, em um cercado sem saída, aquela que me forneceu leite diariamente. Mesmo nesse curto espaço de tempo, o fogo se aproximou muito, bolas de grama seca em chamas vinham rolando; da montanha de milho, que foi trazido da fazenda em trinta carroças, começava a subir uma fumaça preta.

Vi com meus próprios olhos o fruto do trabalho de três anos se transformar em nada, mas o perigo se aproximava e não podia hesitar nem mais um minuto. Ao correr para a casa que se tornara apenas paredes e um teto de caibros, prendi à cintura a cartucheira dupla, que também servia de carteira, peguei o rifle e fui em direção à porta, mas não conseguia abrir os olhos com o vento quente e as faíscas. De súbito, tive uma ideia: peguei as seis peles de bode costuradas, da cama, e me cobri; usando o chão como guia, consegui correr para baixo da ponte. Ali também não era um local seguro, mas no mato úmido da margem do rio, a força das chamas que queimavam as folhas verdes e, mesmo que as cascas das árvores crepitassem, aos poucos foi se enfraquecendo, a fumaça diminuía e se tornava branca.

Por outro lado, as chamas que transformaram em cinzas todas as instalações do chiqueiro foram levadas pelo vento e se distanciaram em direção ao rio acima. Embaixo da ponte, onde havia me refugiado, por sorte, escapou do incêndio. Por um momento, sentia a vida ameaçada e fugi cegamente. Joguei a pele de bode com que havia me coberto e me joguei no leito seco do rio, extenuado.

O cansaço que não senti quando saí de casa, agora vinha com força e, aliado a uma terrível fome, parecia que minha alma estava

A barca vazia

saindo do corpo. Teria que procurar algo para comer entre o que restou, assim que o fogo se abrandasse um pouco mais. No entanto, levantar um dedo que fosse seria uma tarefa árdua.

Quanto tempo fiquei assim? Pode ter sido por poucos instantes, mas a noção de tempo não estava nítida e continuei distraído. Ouvi alguém gritar meu nome lá de cima; deveria ser alguém da fazenda. Como tinha que voltar ainda uma vez para minha casa, consegui finalmente levantar o corpo dolorido.

Enquanto me agarrava à grama desordenada, pisava os degraus do barranco até o alto. De costas para o campo queimado, transformado como se fosse outra terra, três pessoas estavam a cavalo. A princípio, com minha visão embaçada, achei que fossem peões, mas entre eles estava a filha de Leo, Maria Irene.

Os cavalos vieram correndo pelo caminho que levantava cinzas à pontada de esporas e estavam irritados, soltando espuma pela boca que mordia o freio. Com as patas da frente, arranhavam o chão, nervosos. Ameaçando avançar a qualquer momento, os cavaleiros mal conseguiam contê-los, puxando as rédeas.

O porte de Maria Irene, vestida em roupas de couro como os peões e que apenas conseguia, com esforço, segurar o animal irritado, revelava a fragilidade de um fino copo de cristal deixado à beira de uma mesa que balança instável.

— Mário. Como deixou isso acontecer? — disse Maria Irene.

Naquele momento, mesmo que estivesse queimado pelo sol, meu rosto certamente estava pálido.

— Estava delirando de febre alta por causa da gripe e, quando percebi, já não havia mais o que fazer.

— Você está bem?

— A febre já passou, e não estou ferido. Como está a fazenda?

— Conseguimos reunir todo o gado, não houve danos em particular. Que pena que perdeu tudo, logo você que estava bem prevenido.

— Sou um tolo que não sabia do buraco no fundo da bacia. Parece que o criador de porcos que você tanto elogiou não passa de uma farsa.

Desde o momento em que nos encontramos, ela parecia querer descobrir algo sobre mim; mas por que veio de novo até aqui? Será que queria ver se eu, no meio daquele incêndio, conseguiria impedir o desastre? Percebi, pelas suas palavras de espanto, que talvez fosse isso.

— Nós passamos na sua casa quando estávamos vindo para cá. Desculpe por ser em sua ausência, mas examinei algumas coisas. Então, vi no memorando do calendário que deve ter caído, a data de vacinação dos animais, o registro de engorda e, ainda, no caderno caído no chão, uma tabela de nutrientes do pasto, separadas por espécie e experiências de adaptação a esta região. Também havia algumas anotações que não entendi.

Fiquei irritado com a intromissão dessa jovem. Mesmo que não tivesse nada para comer amanhã, era preferível que o calendário e o caderno tivessem sido queimados.

— No momento em que o conheci, tive a impressão de que havia algo diferente em você. De agora em diante, posso contar com seus conselhos, não é?

Assim disse a filha de Leo com certo ar de coquete.

— No momento, você está em dificuldades e não está em condições de se preocupar com problemas alheios. Vou pedir ajuda ao meu tio.

O incêndio, desta vez, causou grandes prejuízos, mas não a ponto de ser impossível a reconstrução. Não me importo se gastar um ou dois anos para voltar ao trabalho de antes, estaria satisfeito se tivesse com o que sobreviver. Não escolhi essa terra remota para fazer fortuna com a criação de porcos, nem porque tinha um objetivo especial como os outros. Mudei para cá com a intenção de vivenciar uma experiência que decidiria meu futuro. Havia certa preocupação por trás disso, mas após três anos se tornou receios infundados.

A barca vazia

Como todos da fazenda gostam de mim, e se João permitir, tenho a intenção de continuar a morar aqui, portanto minha ideia não mudou mesmo depois da calamidade. Mas minha situação se complicaria se Maria Irene, sabendo da minha escolaridade (que, por assim dizer, era a de um fracassado engenheiro agrícola), pensava em me usar para algum fim. Não nego que ela me tenha em consideração, mas sua verdadeira intenção era a de me fazer um consultor, para restaurar a ordem na família e planejar melhorias na criação do gado. É algo que devo evitar a todo custo, nem mesmo precisava pensar em meu passado.

Era um caso sério. Eu não sabia nem a data de hoje. Se for para receber algum favor da família Dias, que fosse para saber o dia e a hora. Perguntei para um dos peões, chamado Zé, já que tinha camaradagem com ele.

— É tarde do dia tal — ele respondeu.

Ao ouvir isso, percebi que passei três dias acamado. E enquanto buscava na memória, o cavalo de Maria Irene começou a se agitar.

— Vai chover, Mário. Venha para o casarão, não precisa dormir ao relento.

E assim que disse isso, ela virou a cabeça da montaria e afrouxou as rédeas. O cavalo saiu correndo deixando escapar gases. Os dois peões logo a seguiram.

Do céu escuro, caíam incessantes flocos de cinza. Às vezes, folhas retorcidas de plantas carbonizadas caíam girando. A chuva estaria por vir? Quando grandes gotas atingiam o chão queimado tive a impressão de que chiavam.

Se fosse à fazenda, contando com a boa vontade de Maria Irene, não teria dificuldades em conseguir produtos necessários para uso imediato, mas pensei que essa seria uma boa oportunidade para partir daqui, agora que não tinha mais nada, e decidi descer o rio na manhã seguinte.

Uma antiga família presa pela tradição do sangue estagnado está tão podre na sua fundação que é melhor deixar desmoronar por aí quando estiver declinando. Se surgir uma pessoa dessa família de natureza empreendedora, é natural que apareça uma nova ordem. A filha de Leo poderia aprender uma profissão, livrando-se da carcaça velha e ajudando o pai no trabalho.

Pensei em uma viagem para nunca mais retornar, porque é certo que ela não concordaria com minha recusa, apesar de suas boas intenções. Se eu fosse resoluto em minha decisão, teria que revelar o motivo. Não tenho a pretensão de enterrar meu passado. Entretanto, não queria revelar para outros minhas feridas antigas como motivo para recusar o pedido de Maria Irene.

Talvez por ela ter descoberto minha verdadeira origem (apenas a de que não sou um simples peão), a filha de Leo ganhou uma estranha autoconfiança. Não poderia ignorar seu pedido por conselhos se não tivesse sido prejudicado com o incêndio e me fixasse neste arrendamento por muitos anos. Mas estaríamos em posições iguais. Agora, nesta circunstância, minha situação mudou drasticamente.

Percebi que aceitar a proposta dela por causa de uma questão pessoal ou reconhecer um estilo de vida que eu almejo são questões muito discrepantes.

Suportando a solidão e as dificuldades da vida de solteiro, que não conhecia na época em que possuía certo recurso financeiro, construí um lar com minhas forças e, desta vez, até enfrentei o risco de morrer. Durante esses três anos, cresci muito psicologicamente. Meu corpo está repleto de vontade de viver, coisa que antes não sentia.

De agora em diante, quero me tornar alguém com uma forte couraça para viver de modo que me satisfaça, seja durante uma vida longa ou curta. Sendo assim, não há outra maneira a não ser partir daqui. Decidido, de repente me lembrei da fome.

Maria Irene disse que minha casa escapou do incêndio porque capinei previamente ao redor do pátio e, mesmo sendo uma cabana rústica, as paredes eram de barro, o que impediu um pouco a força das chamas. As provisões que restaram já eram escassas, portanto, mesmo que juntasse tudo, a quantidade seria mínima. De qualquer maneira, subi, pelo caminho, para averiguar a situação. Ao ver a montanha de milho que ainda soltava muita fumaça, senti na pele meu infortúnio. Tive tontura e entrei na casa. Era uma cabana composta por quarto e cozinha, mas mesmo assim estava revirado. Ainda que fossem poucos móveis, a desordem era tamanha que não tinha nem onde pôr os pés. Meus cadernos e o calendário destacável não estavam em lugar nenhum, talvez ela os tivesse levado, mas para mim não importava mais. Peguei apenas comida, dois ou três pratos, panelas e enfiei tudo em um saco de juta, retornando para o abrigo da ponte.

Se não puder atender ao pedido da filha de Leo, passaria esta noite embaixo da ponte e amanhã cedo desceria o rio. Era necessário comida para três dias e precisava verificar a canoa que estava abandonada há tempos.

Comi uma refeição com as coisas que havia, o café tinha borra que permaneceu na boca, mas ao ingerir a bebida quente, senti que o cansaço de antes se dissipava. Relaxei graças à fome saciada e senti minhas forças voltarem. Talvez se deva a isso a sensação de que não seria derrotado nunca — considerando a calamidade de hoje como águas passadas — e sem querer, quase ri em voz alta. Parei com um susto.

Era como aquele doente que, pensando estar curado porque os sintomas da doença não se manifestam há muito tempo, de repente tem medo quando pressente a ameaça. Será que não pareço um doente espantado? Ver um homem rindo sozinho na margem deserta de um rio, só pode se tratar de um louco.

Isso ocorreu há muito tempo. No dia em que tive alta do hospital, doutor Augusto disse: "Seu ataque tem origem de uma crise psicológica temporária, portanto não é grave. Se optar por uma vida simples e pacífica, sem guardar rancor ou desejar demais, provavelmente não se manifestará mais. Escreva contando como está sua vida daqui para frente". E foi desse modo que ele me advertiu e me consolou.

Porém, mesmo que tivesse sido um ataque momentâneo e inconsciente, meu ato ao agredir minha esposa foi grave e nunca se apagará. Aproveitando-se desse incidente, a família da minha esposa moveu uma ação e acabou provocando a morte de minha mãe por exaustão, enquanto eu continuava internado. Despediu também Kobayashi, capataz que trabalhava desde a época do meu pai, por me defender. Pensando em minha mãe e em Kobayashi, além de minha ex-esposa, algo quente brotou em meu coração. Uma emoção profunda como essa não começou agora, era algo que evitava todas as vezes que me lembrava disso.

Ainda é cedo para o entardecer. Precisava ir mais uma vez até a cabana, pois eram necessárias algumas ferramentas para os planos do dia seguinte, mesmo que fosse uma pequena canoa.

Mesmo que seja inviável consertar o telhado, queria deixar arrumado pelo menos o interior da casa. Parece um apego sentimental, mas antes de seguir em frente, queria avaliar o que restou dos meus três anos de trabalho.

Mesmo com o chão queimado e escurecido, as cinzas foram levadas pelo forte vento; as rachaduras e até as pegadas deixadas pelos animais na estação chuvosa estavam expostas, nítidas e marcadas. Observando o que restou do chiqueiro, havia torrões pretos que caberiam nas duas mãos em concha: eram os filhotes que não escaparam do fogo. Fora do cercado, havia um corpo deitado e queimado; mais adiante, uma fêmea prenha estirada tinha a língua comprida para fora e entre as patas posteriores abertas, três filhotes foram expelidos. A cabra parece que se salvou, pois não estava em lugar nenhum. Ao pé da colina, numa depressão, algo estranho estava encolhido. Duvidando que fosse verdade,

A barca vazia

desci até lá e vi que era o alazão. Acabou envolto pelas chamas ao se dirigir para onde soprava o vento. A barriga inchada pelo calor, as quatro patas rígidas lançadas para o ar, os olhos esbugalhados, a alvura dos longos dentes brancos expostos... o grande porte do cavalo revelava a crueldade da sua morte.

O fogo reduziu a pó todas as instalações, sem deixar sequer uma estaca em pé. Penetrou pelo buraco dos pilares e consumiu até a madeira pobre. A montanha de milho transformou-se em um inacreditável monte de cinzas. Separei as ferramentas necessárias e as provisões restantes, lançando ao fogo as coisas supérfluas.

Ao voltar para o abrigo, fui verificar a canoa, presa a uma árvore na margem desde a inundação de verão. Retirando-a do meio das plantas enroscadas, coloquei a canoa no rio e pelo fundo da embarcação começou a entrar água. Para uma infiltração deste tamanho, não seria preciso fazer nenhum reparo em especial se deixasse por uma noite no rio. O varapau e o remo foram perdidos. Mas poderiam ser feitos durante a longa noite.

O correto era ir até a fazenda dos Dias e explicar meus motivos antes de partir, mas se eu fizer isso, uma situação complicada se formaria e afetaria minha decisão. Mesmo que fosse uma ordem imposta por Maria Irene, não tinha dúvidas de que era por boa vontade. Gonçalves também me reteria. E se os dois tentassem me impedir, eu não conseguiria recusar.

Deixando de lado a relação com a família Dias no início, acho incomum ter recebido tantos favores. Desde cedo tinha algo que notei sobre essa família. Não era nem preciso a filha de Leo me contar, o modo como administravam a fazenda era muito anacrônico. Se fizessem pelo menos umas duas ou três melhorias, o ganho da família aumentaria bastante. Contudo, vou terminar minhas conjecturas sobre algo que estou prestes a evitar. Cogitei deixar escrito o que sinto, mas pareceria apego sentimental e decidi partir sem dizer nada.

Desconheço o profundo significado do *ichigo ichie*[1], que meu falecido pai sempre falara. Talvez a expressão mostre que, conhecendo alguém mesmo durante um momentâneo abrigo da chuva, uma profunda impressão ficará gravada no coração. Mesmo que façam um juramento de toda uma vida, há os que se tornam estranhos conforme o caminho percorrido, como no meu caso.

Acendi uma fogueira e decidi passar a noite embaixo da ponte. Raspar a tábua e fazer o remo, cortar o varapau e preparar a comida para levar seriam os últimos preparativos para a viagem, mas ainda havia tempo antes de escurecer. Sentei-me na margem do rio e pensava na vida daqui em diante, quando meus pensamentos regressaram para o incidente de quatro anos atrás.

Por mais que eu reflita sobre a tentativa de agressão contra minha esposa, Ana, e o porquê de agir tão brutalmente, não consigo me lembrar do que aconteceu.

Nesse dia, estavam presentes minha esposa, a empregada Marisa e minha mãe. Já que aconteceu na frente das três, não havia sombra de dúvida do que eu fiz, por mais que fosse inconsciente.

Segundo Kobayashi, que tentou me defender, eu apenas quebrei o prato sobre a mesa, posto na frente de Ana, foi uma confusão momentânea. Porém, sua declaração não foi aceita, pois ele não era uma testemunha ocular. Minha mãe tentou explicar veementemente que o filho não era uma pessoa que faria mal à esposa, mas no testemunho da empregada houve uma sutil diferença. Dias depois, Ana declarou ser verdade meu ataque com um martelo e ela só se salvou porque conseguiu se desviar na hora.

Recordo-me bem de tudo até antes do ataque. Passava um pouco das onze horas. Era a hora do café. A comida preparada

---

[1] Pensamento utilizado em várias artes japonesas, como o ikebana, a cerimônia do chá e o teatro nô. Pode-se entender como "o momento em que as pessoas passam juntas quando se encontram é único. Valorize esse momento e considere-o como se fosse a última vez". (N. da T.)

A barca vazia

por Marisa estava posta na mesa. Eu tinha ido à lavoura e após dar ordens de trabalho para os diaristas, retornei para casa. Não notei nada diferente nesse dia, apenas sentia uma leve tontura, mas já tivera esse sintoma antes e havia desaparecido naturalmente, não dei muita atenção e fui para a sala de refeições. A peça, que funcionava também como cozinha, foi reformada quando meu pai ainda era vivo, e os utensílios, a louça, a mesa e as cadeiras, eram todos feitos no estilo colonial e tinham um ar imponente.

Minha mãe disse que o quadro do meu pai, pendurado na parede, estava caindo. Um dos pregos se soltou, e o quadro inclinava-se para um lado. Essa pintura era uma das poucas lembranças dele, uma natureza morta de uma panela de cobre com abóbora japonesa e cebolas. O modelo usado para a pintura foi uma panela comprada de ciganos. Lembro-me de meu pai deixar o utensílio em cima da mesa e pintar a tela com paixão.

Dentre os quadros que ele deixou, dois deles, um autorretrato e uma pintura da minha mãe, estão na sala de visitas. Desde criança, eu gostava dessa natureza morta. Recebendo a luz que vinha da janela, um dos lados do utensílio de cobre tinha um brilho intenso, enquanto o lado na sombra reproduzia os tons de um cinza profundo. Ao lado da panela, o corte amarelo da abóbora partida ao meio mostrava que sua seiva escorreria a qualquer momento. No lado inferior esquerdo da tela, o formato arredondado da cebola, como suas finas camadas descascadas pareciam prestes a voar com o sopro da brisa.

Contudo, tornei-me adulto e adquiri algum conhecimento sobre a apreciação da arte. Percebi que a obra do meu pai era uma imitação de Rembrandt e passei a vê-lo apenas como um retrato fiel, o estudo de um amador. Mas a admiração que sentia por ele, por meio dessa pintura, era diferente.

Pendurava de volta o quadro, martelando levemente o prego caído.

Minha esposa sentou-se à mesa e tomava a sopa servida por Marisa. Como meu horário de refeições variava conforme o dia, havia dito que, se não chegasse no horário da refeição, não precisariam me esperar. Quanto a isso estava plenamente de acordo. Porém, minha mãe ainda não havia se sentado à mesa e Ana já estava se servindo. Imaginei se era sempre assim na minha ausência e senti tontura. Essa falta de educação não era costume em minha família.

Tínhamos discutido um pouco no dia anterior, por isso minha esposa faria isso de propósito para mostrar sua revolta, mas seu comportamento ignorava até mesmo minha mãe. Senti minha visão escurecendo pela raiva. Desci da escada e lembro-me de que andei em direção a Ana, mas depois não me recordo do que fiz.

Quando voltei a mim, minha mãe chorava aos meus pés. Segundo ela contou com uma voz trêmula, eu tentei bater em Ana com o martelo e ela conseguiu se desviar a tempo. Escapou do perigo, mas percebi o quão violento agi ao olhar para o prato de sopa que ela segurava, em cacos.

Após esse incidente, nunca mais a encontrei. Não posso imaginar que tipo de sentimentos ela deve ter em relação a mim. Poderia imaginar o medo e o terror que deve carregar, pois era uma mulher que tinha medo de uma simples injeção.

Eu não tinha mais coragem para olhar para ela, nem conseguia mais confiar em minha razão. A loucura, até então uma doença sem qualquer relação comigo, destruiu minha posição e sabia que tinha me lançado ao fundo do poço. Atormentado pela ansiedade, corri até o meu quarto e peguei o revólver da gaveta.

Não sei quando minha mãe me seguiu, mas ela se agarrou à minha mão direita:

— Tsugushi, se você morrer, eu também vou.

E com um rosto pálido, ela se agarrou com desespero a mim. Não me importo com o que possa acontecer comigo, mas não poderia matar minha mãe. Kobayashi veio correndo aos gritos e tomou a arma da minha mão.

Por intermédio de um advogado parente da família de Ana, eles ameaçaram me processar por tentativa de homicídio e por ser um louco violento, pediriam a minha internação pelo resto da vida em um sanatório com grades de ferro na janela. Como estava preso em um dos quartos da casa nessa época, só soube do sofrimento de minha mãe, que tentava uma negociação com a família de Ana, dias depois, ao ouvir de Kobayashi. Também soube por ele que a condição para que se desse fim ao incidente não foi um simples acordo de família, mas algo pior: ceder meus bens para a minha esposa. Convencido por minha mãe e reconhecendo meu erro, assinei o seguinte documento:

1. Tsugushi Jinzai cede à esposa, Ana, o direito de propriedade da fazenda e inicia uma empresa em nome de ambos;

2. Tsugushi se compromete a internar-se voluntariamente para receber tratamento, para o qual a empresa arcará com todas as despesas. O mesmo, ao ter alta, em caso de conduta violenta, perderá o direito aos benefícios;

3. Chika Jinzai se tornará conselheira da empresa e receberá um salário no valor de cinco vezes a remuneração de um diarista comum. Porém, deve se mudar da fazenda;

4. Ana Jinzai, que mora atualmente separada do marido, a partir do momento em que for reconhecida uma lei de divórcio neste país, se divorciará sem quaisquer condições.

Havia ainda outros detalhes, mas estes eram os pontos principais. Resolvi não pensar muito sobre esse resultado. Quem cuidou do meu tratamento foi o doutor Augusto, que deve ter ouvido a maior parte do que aconteceu de Kobayashi, meu acompanhante até o Rio de Janeiro, pois ele me advertiu: "Esqueça o que se passou". Na verdade, minha nova vida começou a partir do fim daquele incidente.

A chuva engrossou e escureceu embaixo da ponte. Ainda teria tempo até o anoitecer, mas as camadas de nuvens sobrepostas engrossaram, a temperatura diminuiu e sentia um pouco de frio vestindo apenas uma camisa. Juntei palha por cima da brasa restante e soprei, a fumaça começou a subir, deslizando pela margem. De repente, um anu veio voando através da fumaça e pousou em um galho de árvore pendurado no barranco. Por algum tempo, o galho balançou, mas ao ver um rosto humano, o anu grasnou. Como estava mergulhado em lembranças tristes, senti-me aliviado e respondi com um grasno, imitando o anu. Outro deles, um bando de cerca de vinte pássaros pretos, vindos não sei de onde e espalhados lá e aqui pelo rio, grasnaram juntos.

Pássaros benéficos alimentam-se de insetos, suas penas são pretas e opacas, possuem uma cauda comprida de cerca de trinta centímetros; o pescoço é grosso e curto, e a queratina forma uma protuberância em cima do bico.

Não é um pássaro gracioso, tem pés curtos e grossos, seus movimentos lentos costumam ser alvo dos estilingues dos moleques, mas os adultos o ignoram por não ser comestível.

Perseguidos pelo incêndio, devem ter vindo para esta margem pelo mesmo motivo que eu, onde tenha vegetação verde e água. Não posso me dar ao luxo de desperdiçar comida, mas joguei no areal uns punhados de carne seca picada e frita. Os pássaros se aproximaram de uma só vez, disputando e bicando a comida. Conseguiram fugir com esforço do fogo e da fumaça o dia todo, não devem ter nada em suas moelas. Seus movimentos apressados ao bicar a comida mostraram que não estava enganado em minha teoria.

Um anu chegou atrasado e pulou nas costas dos companheiros que, atrapalhados, também rolaram no chão. Vendo seus movimentos

A barca vazia

tão alegres, senti meu coração se aquecer. Eles estão contentes mesmo com o pouco de comida que joguei. Não é correto afirmar que são animais inexpressivos. Durante um ano, será que eu e Ana nos aceitamos de coração aberto, pelo menos uma vez? O colapso da relação chegou com meu crime, transformando nossa relação em algo sem volta.

Porém, ao considerar tudo agora, tínhamos um defeito que nos faria separar por outro motivo. Deixarei esse motivo para depois, eu tinha uma queixa sobre Ana, mas agora tudo o que quero é esquecer. Apenas lamento nossa separação por causa desse incidente e a morte da minha mãe.

Dizem que quando uma pessoa se encontra em boa situação, até deseja a infelicidade; quando criança, vi um menino, filho de uma diarista, saboreando uma fatia de cuscuz de milho e fiquei morto de vontade de comer. Implorei para minha mãe, ela foi até a casa e voltou com uma fatia amarelinha, de casca levemente queimada. Dei uma mordida e cuspi logo. Nunca vi minha mãe com a cara tão severa. Depois de levar um sermão, ela me obrigou a comer aquela coisa arenosa e salgada até o fim.

Talvez seja um pensamento leviano, mas ao lembrar o meu passado, no qual fui criado em um lar pacato e que nunca faltou nada, penso que minha infelicidade foi a de não ter nenhum objetivo na vida para me fazer perseverar.

Antes de a guerra ter início, meu pai transferiu os bens do Japão para este país e comprou a fazenda e o cafezal de um italiano, próximo à cidade A.

Se resumir em poucas palavras a trajetória que muitos imigrantes japoneses percorreram, podemos dizer que foi bem-sucedida. A troca de geração dos já mencionados imigrantes, mesmo que ocorra futuramente, fez com que em menos de dez ou vinte anos fossem de colonos para arrendatários, de pequenos para médios proprietários, e para os escolhidos, o sonho de se tornarem fazendeiros.

Se houver um objetivo, mais do que qualquer coisa, também há a força de vontade. Meu pai morreu inesperadamente e eu me tornei o chefe da família, sucedendo-o ainda jovem. Mais tarde, interrompi os estudos por motivos pessoais e passei a administrar a fazenda, mas não tinha um objetivo, nada que quisesse fazer pelo resto da vida.

Nessa época, eu estava atraído por uma moça. Era uma aluna da escola de corte e costura, do outro lado da avenida em frente ao armazém O, que mantinha negócios conosco desde a época de meu pai. No horário de saída da escola, encontrava com as jovens que enchiam a rua; Ana era uma delas. Nada mais me importa com minha ex-esposa, mas até aquele encontro, nunca havia visto uma filha de japoneses tão bela, alta e de pele tão clara. Seguindo na avenida, ela se separou das amigas e ia em direção à estação. Não sabia seu nome e muito menos onde morava, mas o desejo de pedi-la em casamento, se possível, crescia a cada dia em meu coração apaixonado.

Isso quase se realizou facilmente, graças ao senhor aposentado do armazém O. Soube que ela morava na cidade C, distante dez quilômetros, e era a filha mais velha de Sakuzô Takamori, chamada Ana. Ocultando ser a meu pedido, o senhor O serviu de intermediário com minha mãe. Mesmo aposentado, ele é o fundador do armazém O e uma das pessoas mais influentes dentre os japoneses da cidade A. A princípio, minha mãe aceitou.

Como era um convite do senhor O, foi combinado um jantar em um hotel de *gaijin* na cidade A. Era um hotel de primeira classe, mas um tanto limitado, por ser uma cidade do interior. Mesmo assim, notava-se que o casal Takamori parecia atrapalhado, talvez por ser a primeira vez que frequentasse um local no qual garçons serviam a refeição. Ana parecia pouco à vontade e sequer sorria, um quê de hostilidade se estampava em seu lindo rosto, pelos olhos e pela boca. Presumi que fosse orgulhosa, mimada e de natureza teimosa. O senhor O, acostumado ao ambiente, dizia brincadeiras e se esforçava para que o jantar fosse bem-sucedido. Eu tentei me comportar de modo equilibrado. Entretanto, a pessoa que mais se portou dignamente foi minha mãe. Para uma velha senhora do interior, tinha uma elegância refinada para alguém da sua idade, e sua atitude segura de si mostrava tranquilidade e compostura. Mesmo que tenha falido, era uma legítima moça criada numa família proprietária de uma tradicional loja de frutos do mar.

Tempos depois, o motivo para a família de Ana passar a odiar minha mãe como inimiga talvez tivesse origem nessa noite. No caminho de volta do hotel, eu não disse quase nada a minha mãe.

— Desta vez, devemos um grande favor ao senhor O, não é? — disse minha mãe, pesarosa.

Nesse momento, pressenti que o jantar foi um fracasso. Como era de se esperar, ela disse que aquela moça não era conveniente. Até Ana vir para casa, os trâmites pareceram um fio embaraçado, com seus altos e baixos.

Quando rumores de nosso noivado começaram a correr, um dos meus amigos mais próximos disse para eu cortar relações com Ana. O motivo eram boatos ruins a respeito do passado de Takamori e, se nos tornássemos parentes, no futuro isso poderia se tornar motivo de desgosto. Ouvi os conselhos do meu amigo e da minha mãe, mas não conseguiria suportar ver uma mulher daquelas se casar com outro. Não me preocupava mesmo que a sombra de chacais rondasse por perto. Contudo, não havia completado nem um ano de casados e a loucura me acometeu.

Não há dúvida de que minha mãe morreu de modo tão prematuro por causa desse incidente. Meu sofrimento atual não é nada se pensar no desgaste da saúde de minha mãe ao negociar com a família de Ana, que tinha um trunfo nas mãos ao me acusar. Adoeci, perdi meus bens e, pela primeira vez, conheci a verdadeira face das pessoas. Mas no mundo não existem apenas pessoas que passam a perna nas mais fracas. Havia também Kobayashi, além de dois ou três amigos que ofereceram ajuda.

Meu ataque foi controlado e Kobayashi me levou até o Rio de Janeiro, na época em que ainda desconhecia a gravidade da doença. Além disso, excedendo as funções de empregado, foi ele quem aconselhou minha mãe. Quando ela morreu, quem me trouxe à força do hospital também foi ele. Não havia nenhum parente no velório e, se eu não fosse o representante da família, o funeral seria ainda mais miserável. Não saberia dizer se não carregaria esse arrependimento depois. Após o funeral, retornei ao Rio, pois não tinha mais qualquer lugar na fazenda.

Disse que conseguiria voltar sozinho, mas Kobayashi insistiu em me acompanhar. Como imaginei, ele tinha algo para me dizer. A viagem de trem até o Rio de Janeiro incluía uma baldeação em São Paulo, por isso tinha tempo de sobra para ouvir o que Kobayashi queria dizer. Assim que retornasse da viagem, disse que pediria demissão da fazenda.

Contou também que, apesar de saber como Takamori era, o modo como Ana tratava com hostilidade minha mãe era algo insuportável de se ver. Desde que ela se casou comigo, nunca vi as duas conversarem, já que por exigência da família de Ana, morávamos em outra casa, construída para nós. Também queriam que as refeições fossem separadas, mas eu me recusei. Por isso, nos assuntos que não podia falar comigo, ela procurava se aconselhar com Kobayashi. Até disse que, se Ana se casasse comigo, a família Jinzai estaria condenada. No fim das contas, a previsão dela se concretizou e, como reparação, não havia nada a fazer a não ser eu zelar pela minha nova vida.

Parece que adormecemos um pouco nos assentos espaçosos do vagão de primeira classe. Como a chegada era prevista pela manhã, bem cedo, percebi, pela claridade da janela, que logo estaríamos no Rio.

A barca vazia

Despedi-me de Kobayashi, não sabia quando nos encontraríamos novamente. Dois meses depois de dividir a cama com Ana, tinha uma dúvida que queria perguntar a ele. Como era um assunto íntimo, perdi a oportunidade de consultá-lo. Não tinha qualquer orientação para decidir por mim mesmo. Quer dizer, por causa do meu temperamento, não gostava de mulheres que se vendiam por dinheiro. Havia algumas garotas *gaijins* que se aproximavam por ver que eu era de boa família, mas pensava em casar-me com uma nissei, então eu as ignorei. Mesmo assim, não era um estoico, nem era virgem, mas sem conhecer outra mulher, trazia uma grande dúvida sobre minha esposa.

Parecia que Kobayashi dormia no banco ao lado. Tive pena de acordá-lo, mas se eu deixasse essa chance escapar, nunca mais conseguiria fazê-lo.

— Kobayashi.

Chamei. Ele não estava dormindo:

— O que foi, patrãozinho?

Eu odiava esse jeito de me chamar, já havia pedido para não o fazer, mas ele continuou. Porém, nesse momento, não sei por que, achei que combinava bem comigo. Depois de um preâmbulo, disse o que aconteceu desde nossa noite de núpcias e as circunstâncias que continuaram durante o período em que estávamos casados. Pedi sua opinião sobre o assunto. A princípio, ele não entendeu do que eu estava falando, até que, ao perceber o que eu queria dizer, pareceu bastante surpreso:

— Patrãozinho, que falta de confiança em mim. Por que não me disse logo que notou? Acho que tudo o que aconteceu teve origem aí.

Eu já desconfiava. Mas não havia pensado com tanta seriedade quanto Kobayashi.

Ele descreveu, sem esconder nada, a vida sexual com a falecida esposa e com a atual. Foi então que soube, pela primeira vez, o que era o amor sexual entre um homem e uma mulher.

— Por falar nisso, talvez Ana ainda não conheça o próprio corpo. Por não se sentir amada, ela implicava com tudo.

Kobayashi disse que a frigidez é uma doença de origem psicológica. Era melhor do que não saber, mas agora era tarde demais. Amanhã pela manhã, descerei até o rio principal. Não sei o que vai acontecer daqui em diante, mas não me atormentarei por viver numa terra inóspita como esta.

Mergulhado em pensamentos, de repente os pássaros começaram a se agitar. Um deles saiu voando e o bando todo de anus pretos voou em direção ao leito do rio. Senti a aproximação de algo. Os pássaros, mais sensíveis, devem ter fugido por sentirem a presença de estranhos. Ouvia som de passos atravessando a ponte. Finos grãos de areia caíam. A chuva havia cessado.

A barca vazia

Rio de chuva

Quem está atravessando a ponte a esta hora?

Olhei para cima e apurei os ouvidos, mas não consegui discernir se era uma pessoa ou um animal. Pelo leve som dos passos na madeira quando atravessou, parecia bastante apressado. Será que um dos animais da criação sobreviveu e voltou?

Seja o que for, precisava subir até o barranco para averiguar. Peguei a arma apoiada no braço do monjolo. Evitando a desvantagem de esbarrar com a criatura, esperei um pouco e subi. Prestei atenção ao meu redor e dirigi meu olhar adiante. Em meio ao crepúsculo, que tomava a terra da qual uma fumaça rastejante de cinzas queimadas ainda se levantava, um contorno avermelhado se movimentava.

Por instinto, soube que era uma pessoa. E parecia ser uma mulher. Se minha suposição estiver certa, desconheço o caso em que uma mulher, sozinha, tenha aparecido nesta redondeza. Se veio visitar alguém, logo escurecerá, e desta ponte em diante há apenas caminhos estreitos como um labirinto, que dão para uma terra agreste. Não é lugar para uma mulher andar sozinha.

Há dois anos, houve o incidente da mulher louca de um vaqueiro, que fugiu de casa e foi devorada por urubus. Encontrados espalhados, apenas os ossos voltaram para casa. Pressenti algo sinistro ao me lembrar disso e, sentindo que não deveria abandoná-la, levei os dedos à boca e assobiei. Uma das técnicas utilizadas pelos moradores da região como aviso, o assobio ecoa alto e, de fato, era muito útil nesta terra extensa. Foi uma das coisas que aprendi aqui. A sombra vermelha parou, como se tivesse sido presa num anzol.

Minha curiosidade não tinha sido aguçada pelo fato de a viajante ser uma mulher. Como não era uma vila onde a estrada passa, todos cumprimentam o dono da propriedade e este pergunta o destino do viajante. Às vezes, ele oferece comida, sendo costume oferecer abrigo também.

Jogando o saco de pertences aos seus pés, a mulher estava em pé com ar perdido. Era a mesma que, há cinco dias, havia me dado sal. Surpreso pelo fato inesperado, disse:

— Você...?

Mas as próximas palavras entalaram em minha garganta.

Calada, ela tinha uma expressão rígida, como se estivesse brava. Carregava um grande embrulho junto ao peito, que por vezes escorregava e puxava para junto de si novamente. Pelos gestos, notei que a atenção dela estava concentrada nesse embrulho. Aproximei-me para saber o que estava carregando e, ao olhar para seu colo, vi um bebê de cerca de seis meses de vida, firmemente embrulhado na manta acinzentada.

— Esse bebê é seu?

Ela aparentava ter menos de vinte anos. Era difícil acreditar que já fosse mãe. Mas se estava carregando um bebê, só poderia ser seu filho.

— Sim, é o bebê que eu dei à luz.

Respondeu como se fosse óbvio, desfazendo sua expressão severa e mostrando certa sedução. Parecia uma fêmea que, pelo instinto, tranquilizou-se quando encontrou um macho de sua espécie pelo caminho que vagava.

Eu não tinha como saber sobre sua situação. Porém, já a encontrei uma vez e fiquei intrigado, pois ela teria nessa região uma casa e uma família, então por que saiu de lá, sozinha e carregando um bebê? Parece até que não entende o risco de morte a que mãe e filho estão expostos nesse momento.

— O que foi?

— Seu sem vergonha maldito!

Seu xingamento solto, não se sabe para quem, foi intercalado de interjeições vulgares ditas de uma só vez, com o sotaque de Cuiabá,

A barca vazia

43

numa rapidez incrível. Suas palavras demonstravam o quanto seu sangue subiu à cabeça. Disse que perdeu a casa no incêndio e agora procurava na fazenda por um vaqueiro conhecido.

Pelo que observei, apesar de ter a inteligência de uma pessoa comum, ela não deve ter frequentado o primário, nem ter recebido educação da mãe. Era uma descendente de japoneses que se transformou em uma nativa da terra agreste.

— Ainda tem uma boa caminhada até a fazenda. Já é tarde e para você é impossível. Anoitecerá no meio do caminho e, pelo movimento ameaçador das nuvens, há sinais de uma tempestade, mesmo que não estivesse chovendo agora. Além disso, evitando o incêndio, o casarão deve ter sido cercado com voltas e voltas do gado recolhido. Se não for a cavalo, mesmo para um homem, seria impossível de se chegar a casa. Todavia, não tenho como ajudá-la a realizar seu objetivo.

— Não digo que faço questão de ir. — disse a mulher.

Aproveitando-se de que a impedi de prosseguir, ela dava indiretas para que eu a abrigasse. Apenas alertei uma mulher de ir a um local perigoso sozinha, não tinha condições de ajudar a mãe e a criança. Teria problemas se ela alimentasse expectativas demais, portanto expus minha situação.

Ela achou, por antecipação, que eu daria abrigo pelo menos por uma noite e calou-se. Perplexa, parecia um cachorro abandonado que eriçou os pelos e continuou sentado.

Senti pena por tê-la atrapalhado de prosseguir, pensei se não teria alguma alternativa e cheguei à conclusão de que só restava pedir ajuda a Guido. Não sei qual o parentesco de sangue que ele possui com o chefe da família Dias, mas era uma figura de liderança na família, um vaqueiro casado, que morava em uma cabana às margens do rio. Era o guarda dos limites da fazenda, um cargo de confiança.

Não há gado solto no caminho de três quilômetros, a estrada é firme e ela pode chegar antes de escurecer. Vou pedir abrigo por uma noite e amanhã ele a levaria a cavalo, assim não terá problemas.

Falei para ela sobre Guido. Disse que, no momento, era a única maneira de ir à fazenda com segurança. Era um homem bom, de confiança e casado. Amanhã, ele poderia levá-la para o casarão.

A mulher parecia um rato encurralado, que mesmo com uma saída diante dos seus olhos, ele não sai do lugar. Pensando que fosse uma armadilha, ela parecia hesitar.

— Vou descer o rio com você — ela disse.

Sem querer, deixei escapar que não estaria mais aqui amanhã e, percebendo isso, ela se agarrou à oportunidade para ir junto. Teria outras maneiras de dizer isso e, revoltado com sua impertinência, ia recusar a proposta da mulher.

O que mais desejo no momento é minha tranquilidade da alma. Não gosto de terceiros intrometendo-se em minha vida, especialmente uma mulher cujas intenções desconheço. Não aceito que o preço do sal deva ser pago desta forma. Contudo, se eu abandonasse mãe e filho aqui, seria o mesmo que matá-los. Resolvi ceder, reconsiderando o pedido de apenas três dias de viagem pelo rio.

— Para onde vai?

— Até a cidade P. Meu irmão mais velho saiu de casa e não voltou até agora.

Para dizer a verdade, fiquei surpreso com seu destino. Para me fixar em algum ponto do rio principal, seria inevitável alguns contatos na cidade P, mas não gostaria de me envolver com uma mulher como esta em uma pequena cidade portuária.

Pensarei sobre isso depois, não poderíamos ficar parados no meio de um campo queimado se já acertamos tudo, então a chamei para o abrigo da ponte. Ela desceu o barranco, seguindo-me. O reflexo do rio, brilhante e branco, ajudou na descida, pois a escuridão do anoitecer alcançava o suporte dos pilares da ponte e a margem do rio.

Se fosse somente eu, passaria a noite apenas com uma coberta de couro de bode, mas não poderia tratar uma visita com uma

A barca vazia

criança dessa maneira. Tive a ideia de montar duas portas como telhado, pelo menos para evitar o vento noturno, e fui até minha antiga moradia.

A maior parte das telhas havia caído e a casa, sem os pertences que levei, estava inacreditavelmente em ruínas. Dentro dela, senti a presença de algo. Às vezes, morando sozinho, sou aterrorizado pelo medo de não conseguir identificar a presença de algum ser. Então, uma cabra pôs a cabeça pela porta.

Lembro-me desta que tinha um dos chifres mais curto. Era a fêmea jovem de um ano — só ela se salvou então? —, logo se aproximou e se esfregou em mim com um balido. Ignorei-a e carreguei as duas portas pesadas até a margem do rio. Apoiadas no barranco, encaixei as tábuas de modo a formar um triângulo e construí um espaço para que mãe e filho pudessem descansar. Estendi a manta de couro no chão e juntei os pertences, fazendo um travesseiro e uma cama provisória.

Enquanto estava ausente, ela fez uma fogueira e esquentou o caldo de feijão, pois sentia um cheiro bom, fazendo meu estômago roncar. Parece que ela não fica apenas sentada inutilmente. A preocupação com o que acontece ao seu redor mostra que é uma mulher esperta. Tentei vê-la com bons olhos, na medida do possível, mas ainda era uma pessoa envolta em muitos mistérios.

— Vamos jantar? — convidei-a.

Nas acomodações embaixo da ponte, tínhamos apenas caldo de feijão, farinha de mandioca e carne seca assada. Disse para dar papa de arroz para a criança.

Os preparativos para a partida de amanhã estavam prontos, exceto por um trabalho. Não pude cortar o varapau, pois gastei tempo com o encontro com a mulher. Deixei para fazer isso no dia seguinte, agora com o estômago cheio, só me restava dormir. Ela entrou na tenda de madeira, carregando a criança, e nisso aquela cabra veio, fungando e esfregando a cabeça em mim.

Sabia que pedia comida, mas tenho que racionar as provisões para uma viagem com três pessoas. Tinha farelo de milho, mas fingi não saber de nada.

— O bebê dormiu.

Saindo de um lugar escuro, ela sentou-se próximo ao fogo e remexeu a lenha.

— Ele está passando frio? É perigoso se pegar um resfriado.

— Enrolei bem. E não está tão frio assim.

Por falar nisso, depois que anoiteceu, o calor parece ter aumentado e o vento cessou.

— Olha só, mais uma visita?

Ela estendeu a mão para a cabra. O animal pensou que ganharia comida e, berrando, sacudiu rapidamente o rabo curto. A mulher se levantou e foi abrir o saco de juta, no qual eu havia juntado a comida.

— Não faça isso.

Não tive a intenção, mas sem querer a voz saiu alta. Não pude ficar calado com tamanho desrespeito, mexer nos pertences dos outros sem pedir permissão.

— Não posso dar nada?

— Saiba que as provisões são nossa garantia de vida. Não precisamos nos preocupar se chegarmos como previsto, mas se chover podemos gastar de cinco a sete dias.

— Querida, ele disse que não pode.

Não sei o que ela achou da minha repreensão, mas colocou a mão que afagava a cabeça da cabra no pescoço e puxou em um movimento. Perguntava se a mataríamos para levar, mas eu não me importava mais com apenas um animal. Era uma cabra que ganhei da fazenda, ela deve voltar para seus companheiros.

Realmente, é uma mulher incomum. "Se não for alimentar, mate-a". Nesta jornada descendo o rio, ao invés de pedir para levá-la comigo, ela disse "eu vou" com a maior naturalidade, como se exigisse. Possui uma natureza prática, a ponto de esquentar o caldo de feijão, mas também revira os pertences alheios sem permissão.

Mesmo que seja uma mulher criada no mato, devia ter algum recato, já que boas maneiras não tem nenhuma. Por sorte usa uma saia comprida, ainda que encardida, pois fiquei constrangido ao vê-la de pernas abertas em frente à fogueira, sem qualquer vergonha. Em um estranho encontro, mãe e filho juntaram-se a mim na viagem, mas eu tinha curiosidade em observar mais a mulher. Com certeza, ela também estaria pensando sobre mim. Como não possui a mesma perspicácia que a filha de Leo, não precisaria desgastar meus nervos. Contudo, ela tinha os seus instintos, e suspeitei que ela se deixasse levar pelo desejo dos homens. Da parte dela, parece que concordava com certo acordo tácito firmado entre nós.

Segundo o que ela pensa, éramos parceiros que fecharam certo negócio, em posição de igualdade. Pensando desse modo, pude compreender pela primeira vez sua atitude. "Pagarei a dívida quando quiser". Apesar disso, eu não demonstrava o desejo de modo algum, o que a deixava inquieta.

— Como quer que te chame?

Apesar de estarmos um de frente para o outro, eu estava calado e mergulhado em pensamentos, então ela puxou conversa.

— Todos me chamam de Mário.

— Sou Eva.

Para uma mulher que não verei mais após esta viagem, "Mário" está bom. Não sei se Eva é seu nome verdadeiro e não estou interessado em saber. Se tiver algo a tratar, bastava chamar por um pronome. Mesmo assim, passamos a conhecer o nome um do outro.

— E o menino, como se chama?

Sabia que a criança era um menino pelo que ela falava.

— Ainda não tem nome.

Percebi que não deveria ter perguntado o nome da criança. Não precisava nem supor, havia pontos duvidosos sobre a vida dela.

Tinha uma postura desleixada, não era o de uma moça idônea; desconfiava que ela tivesse relações com vários homens.

Por causa de um encontro casual, tenho que transportar mãe de filho até o rio principal. Já que aceitei levá-los, tencionava cumprir minha obrigação, mas queria evitar agir movido pelo instinto.

— Vá descansar.

Entreguei um cobertor para a mulher, sentei-me ao lado da fogueira e dobrei as pernas, abraçando-as com os dois braços. Pretendia fazer a vigia sem dormir, mas adormeci no meio da noite e sonhei com Ana. Ela falava de modo acusativo, irritei-me com sua arrogância e ignorância. Era um sonho da época mais depressiva, acordei mal e ainda fiquei remoendo os pensamentos. A fogueira tinha se apagado e os gravetos restantes formavam um círculo em torno da cinza branca. Enrolei grama seca e depositei em cima dos restos da fogueira, riscando um fósforo. Uma fina fumaça subiu, misturando-se com algo vermelho e logo se transformou em cinzas. Com a claridade ao redor, vi a sola branca dos pés da mulher pelo vão da porta. A névoa do rio era espessa, mas já indicava o amanhecer.

Fui até ao rio, urinei e lavei o rosto, apanhei água em uma lata e a coloquei para esquentar. Talvez a mulher estivesse cansada, porque parecia dormir profundamente. Deixei o café da manhã para ela preparar e, enquanto isso, pensei em ir até a mata para cortar a madeira para o varapau. Quando tirava o facão do saco de juta, ela acordou.

— Bom dia.

Na boca que me cumprimentou, havia um sorriso que carregava certo significado.

— Dia.

Ela ouviu minha resposta abafada? Pedi que preparasse o café da manhã.

— Espere um pouco.

A barca vazia

Com agilidade, ela adentrou a névoa. Quando voltou, estava muito animada e parecia até uma mocinha. Tinha passado batom, os cabelos estavam molhados e lustrosos, como se tivesse passado verniz; nos fios de cabelo que caíam na testa, gotas de água brilhavam.

— A água já ferveu. Vá depois de beber, enquanto está quente.

Segurando o facão, atravessei a vau e entrei no pântano do outro lado. O fogo não atingiu essa parte e havia vários pés de extremosa, com troncos marrons de casca lisa e marcas brancas. Prossegui mais adiante, procurando por uma madeira adequada para o varapau. Devido à neblina, senti-me como se estivesse em um labirinto. No chão, várias espécies de musgo cresciam abundantes, e a cada passo meu corpo afundava.

Recordei-me de que, no ápice do verão, em tardes de calor insuportável, vinha até esta margem e depois do banho de rio, descansava sob a sombra das árvores. Poderia retornar logo, já que consegui a madeira, mas meu corpo queimava por dentro e me senti sufocado; não era apenas por que tomei duas xícaras de café. Perguntava-me por que para sobreviver, surgem coisas complicadas.

Atirei-me sobre os musgos. A umidade das plantas refrescou meu corpo quente. Imaginei que muitas décadas se passaram nesses minutos e, ao voltar, a mulher e até a mesmo a ponte desapareceram.

— Demorou a voltar.

Parece que ela tinha a intenção de preparar a refeição antes de partirmos, mas ao ver a panela cheia de arroz cozido, irritei-me. O arroz refinado é alimento indispensável para o bebê e para nós também, se passarmos mal, será necessário.

— Está bravo?

— Sim, não podemos comer tanto arroz como se fossemos gulosos, até a parte do bebê. Não sabemos que tipos de imprevistos podem acontecer.

Meus nervos, irritados desde a manhã, não se acalmaram. Porém, se eu não comer por causa do mau humor, ela com certeza não comerá também. Por isso, aceitei o prato esmaltado descascado e cheio.

— Mário, alguém está vindo a cavalo.

Pela primeira vez, ela me chamou pelo nome. Não se ofender com o que eu disse deve ser uma de suas boas qualidades. A mulher percebeu que eu estaria em uma situação difícil e me avisou rapidamente, ao notar o ruído que vinha de longe.

— Parece que é mesmo. — tornou a dizer.

Ouviu-se ao longe o som de madeira sendo batida. Ela achou estranho, mas eu logo soube. Como ontem à noite não apareci na fazenda, a filha de Leo deve ter enviado peões para verificar o que aconteceu. Se encontrasse com alguém da fazenda, formar-se-ia uma situação muito desconfortável. Se souberem que passei a noite junto com essa mulher, a imaginação das pessoas chegaria a uma única conclusão.

Como estava fugindo por não aceitar o pedido deles, não queria deixar também uma fonte para fofocas.

— Apresse-se, depois explico o motivo.

Apressei a mulher e corri para a canoa. Mãe e filho subiram na embarcação e, quanto terminei de carregar os pertences, o som dos cascos de cavalo estava muito próximo. Posicionei-me na popa e, segurando com força o varapau, empurrei a canoa para a moita de juncos do rio. A espessa neblina nos engoliu e nos escondeu inteiramente. Os cavalos passaram pela ponte, mas não mostravam entusiasmo.

Ficamos alguns minutos contendo a respiração, mas a presença dos cavalos e das pessoas logo desapareceu por completo.

Não era algo para se fazer muito alarde. Um criador de porcos apenas fugiu. Talvez os peões, vindo a contragosto, foram embora sem se importarem com o resultado.

Pus em pé o varapau e empurrei a canoa com força. Ao entrar no rio, o barco mudou a direção, levado pela correnteza.

A barca vazia

As margens, borradas pela névoa, ficaram para trás, assim como muitas lembranças. Como não esperava pelo dia de hoje, a emoção pela despedida era um tanto mais forte.

A canoa logo alcançou a corredeira, onde os meninos dos Dias haviam sido carregados. Naquele dia, após uma forte chuva, o rio aumentou de volume, a corredeira levantava brancas cristas de ondas e a espuma se agitava. Mas hoje, como fosse mentira, o nível da água baixou e o fundo reto da canoa raspava no leito do rio, quase parando. Desci da embarcação e empurrei a popa.

Entrando em águas mais profundas, a canoa começou a deslizar lentamente. À esquerda, via-se a cabana de Guido, indicando que já estava em águas distantes da fazenda dos Dias. Após a partida, a mulher calou-se. Achando que não era um homem confiável, parecia insegura com esta viagem.

— Por que fugiu?

Querendo saber o motivo, ela puxou conversa. Expliquei apenas os detalhes relativos à fazenda.

— Então teria sido melhor se fosse para a fazenda. Talvez essa moça tenha se apaixonado por você.

Ela achava que uma moça de família de fazendeiros tinha se apaixonado por um andarilho estranho.

— Sou um tipo que não move um dedo para fazer algo que não quer.

Não sei o que ela entendeu, mas começou a rir de repente.

— Mário, você é uma pessoa estranha, sabia?

Fazia ideia do que ela estava rindo.

— Você não gostou quando pedi para te acompanhar nesta viagem, não é?

— Para dizer a verdade, foi um incômodo.

— Então por que está fazendo algo que não quer?

— Não posso me dar ao luxo de escolher sabendo que alguém está em perigo.

— Estou em dívida com você.

— Nada disso, pense que é um favor por causa do sal.

O barco está tão lento, nem podia comparar com a última vez em que desci o rio. Dessa maneira, não conseguia prever quantos dias gastaríamos até o rio principal. Como o tempo não dava mostras do sol, perdi de novo a noção do horário. Deixei a canoa deslizar pela correnteza e almoçamos.

Aos poucos, o céu tornou-se suspeito, formando um aspecto chuvoso, como temia. As nuvens, carregadas de umidade a ponto de derramar água, formaram várias camadas e desciam em redemoinho até a superfície do rio.

Levantei o varapau e o remo com rapidez, passei uma corda entre eles e cobri com a pele de cabra, improvisando um telhado. A canoa parecia um bicho de cesto que caiu no rio. Quando a chuva torrencial cessou, a superfície do rio estava agitada, feito os dentes de um ralador de metal. Ao entrar na barraca, a todo o momento nossos corpos quase se tocavam dentro do estreito espaço. Graças à tenda não nos molhamos, mas o cheiro de couro cru impregnava o interior da barraca e nos asfixiava.

Atento à passagem da chuva, perdi de vista as margens do rio, mas quando observei os caules de taboa que roçavam a canoa, percebi que a embarcação já não mais navegava. Deve ter entrado em um pântano ligado ao rio.

Com a intenção de passar uma noite aqui, finquei a vara na lama do pântano e ancorei a canoa. Enquanto isso, a mulher estava inquieta, vi de soslaio sua impaciência.

— Mário, pode encostar um pouco à margem?

— O que vai fazer?

— Uma coisa.

Hesitava em dizer e não falava claramente.

— Não sei onde está a margem, mas pretendo parar logo.

Podia imaginar por que ela queria tanto descer da canoa, pois desde a manhã fingi que remava, mas fiz necessidade duas vezes, deixando escorrer pela vara. A canoa era estreita e não tinha espaço para nos movimentarmos livremente. Ela se levantava e sentava irrequieta. A ansiedade iminente parecia torturar a mulher. Diferente do usual, ela estava envergonhada.

Por um lado tinha vontade de rir, por outro surgiu uma estranha vontade de maltratá-la um pouco mais. Deixando o bebê em cima do cobertor no fundo da canoa, ela se arrastou até onde eu estava.

— Não consigo mais esperar.

A voz era baixa, mas mostrava uma grande aflição. Quando trocamos de lugar, ficamos em posição de abraço por um instante. Ela deu um risinho e ruborizou, mas a vontade de evacuar a estava apressando.

— Use isto.

Entreguei uma panela de alumínio. Era um dos poucos utensílios de cozinha, mas não tive outra escolha. O bebê começou a chorar. Ao acordar, estava faminto e sozinho, por isso chorava. Procurei uma vela e acendi.

— Obrigada.

Foi o que ouvi pelas costas, peguei a criança no colo, girei meu corpo e a entreguei para a mãe. Ao mamar, a criança parou de chorar. Nós começamos a jantar. Mesmo que fosse uma refeição pobre, quando o estômago está cheio, sentimo-nos mais sossegados.

— Por que ficou três anos na fazenda dos Dias? É estranho. E por que fugiu? Conte para mim.

— Contar eu posso, mas quem deveria falar primeiro não é a visita?

— Está bem. Parece que meu avô gostava de desbravar terras inóspitas antes de qualquer pessoa e era um pioneiro na cidade P, vivendo em uma cabana...

— Espere.

Mesmo que fosse uma conversa para passar o tempo dentro da canoa, eu não era um curioso que ouvia histórias antigas anteriores a guerra, ainda mais a história de uma pessoa desconhecida.

— Conte apenas o que eu perguntei. Disse que tinha um parente, quem é?

— Meu irmão mais velho, apesar da diferença de idade ser grande.

— Ele estava na casa no dia do incêndio?

— No dia anterior, ele foi até a cidade P, apesar de terem dito para ele não entrar na cidade.

— Sua casa não queimaria por causa de um incêndio daqueles.

— Ninguém cuidava do jardim, o fogo se alastrou do depósito cercado de capim seco e alcançou a torre do moinho, caindo em cima do telhado da casa.

— Hum, entendo. E por isso você vai atrás do seu irmão?

— Não, vou atrás de outra pessoa, ele sabe de tudo.

— Quem é?

— É o dono de uma mercearia, parece que ele tem outras atividades também, mas não sei dizer o quê.

— É o Mansaku?

— Ué, você conhece?

Já imaginava que seria ele, mas a surpresa dela foi maior do que eu esperava.

— Comprava minhas provisões lá. Foi ele também quem me apresentou à fazenda dos Dias. Soube de antemão que a polícia ia investigá-lo, e ele tratou de dar no pé.

— Quando foi isso?

— Há uns dez dias. Eu tinha negócios a tratar e pedi para uma pessoa passar por lá, mas a porta do armazém estava fechada.

Eu a ouvi suspirar. A chama da vela estava envolta num halo. Dentro da tenda na canoa, fui atraído por uma sensação que não era deste mundo. Aos poucos, interessei-me pela vida da mulher.

— Esse bebê é do Mansaku?

Resolvi me intrometer e perguntei.

A barca vazia

— Ele disse que não reconheceria como filho, porque não sabia o que eu andava fazendo longe da vista dele.

Podia ser uma desculpa de Mansaku, mas achei que não se poderia afirmar o contrário também.

A morte do pai de Eva foi a causa do colapso da família, mas não se poderia negar que fosse originar toda a sorte de imoralidade. No entanto, foi um infortúnio também para seu irmão mais velho, que tinha apenas quinze anos.

Nessa região, quando alguém morre, é enterrado no cemitério da vila Muca. Antigamente, essa vila era passagem obrigatória para a boiada, possuía cerca de cem casas, mas com a grande enchente há dez anos, a estrada que ligava a parte sul transformou-se em um pântano, e a boiada parou de passar por ali. Com a proximidade do pântano, começaram também a surgir doenças, afastando os moradores, que agora não passavam de dez casas.

O fiador foi um morador da vila, o irmão de Eva organizou o velório e ajudou a abrir a cova onde o pai foi sepultado.

Quando vivo, o pai recomendou Mansaku para recorrer se estivesse em dificuldades. Quem sabe se ele pôs os olhos em Eva, que era uma criança precoce e mal pode esperar para fazer dela sua amante?

Nessa época, o irmão dela contraiu uma doença endêmica, apresentando os sintomas da chamada "ferida brava". Tinha sido contaminado pelo parasita *Leishmania*, transmitido pela mosca da areia. O primeiro sintoma era vermelhidão da mucosa nasal; o nariz vermelho não aparecia tanto porque o rosto estava queimado pelo sol. Ele namorava a filha de um vaqueiro, mas com o avanço da doença, as paredes da mucosa nasal apodreceram e ele perdeu a ponta do nariz, abrindo um buraco negro no meio do rosto e dando-lhe uma aparência que até mesmo a própria irmã achava horrenda. Até os valentões que não temiam quase nada, tinham medo por achar que fosse um ser do demônio. A namorada há muito tempo cortou a relação.

Eva teve outro filho de Mansaku, mas acreditava que o bebê morreu logo ao nascer porque a esposa dele praticava macumba.

Eu conhecia essa mulher. Mestiça nascida no norte, gorda e cheia de si, sua atitude arrogante vinha em parte de sua obesidade. Para mulheres como ela, assim que conseguem algumas regalias na vida, só tendem a engordar. No pescoço grosso e curto, pendurava inúmeras voltas de um colar de pedras e sementes pretas, brancas e vermelhas, tinha uns olhos injetados de sangue e afundados nas olheiras escuras, seu rosto vulgar fitava as pessoas com desconfiança. Por ser estéril, acho óbvio que ela sentisse ódio por outras mulheres que engravidassem de Mansaku.

Com a situação que se formou a sua volta, Mansaku teria se afastado de Eva, mas sei por experiência própria que para um agricultor ou um pequeno criador que depende do fornecimento dele, quando o mecenas não aparece, por mais que se queira ser autossuficiente, não consegue se sustentar. Além de ferramentas agrícolas, eram necessários sal, açúcar, grãos de café, cachaça, petróleo, arsênico, soda cáustica, fenol, tecido, sapatos, remédios, entre outras coisas. Por mais que seja uma terra árida afastada da civilização, uma pessoa não poderia viver como um animal.

Por esse motivo, o irmão de Eva foi ter com Mansaku, mas sua aparência já não era apropriada para ir à cidade. Mansaku não gostou do fato e, com o estado atual da doença, até a irmã não conseguia mais olhar seu rosto desfigurado. Mesmo que conseguisse esquecer a doença durante o dia, quando o corpo esquentava à noite, as partes afetadas começavam a latejar.

— Está doendo, dói muito!

E enquanto chorava e rolava pelo chão, abraçava a irmã que tentava cuidar dele. Nessa situação, a casa dos irmãos transformou-se em um mundo bestial. Ela não era uma mulher de fazer segredos. Tive pena, mas por outro lado, achei que me envolvia demais com a vida alheia.

A barca vazia

— Meu irmão talvez já não esteja mais vivo — disse, suspirando.

— Agora é a sua vez — tornou a dizer.

Ela revelou até fatos desnecessários, mas indiferente ao que eu achasse bom ou ruim, não queria falar toda a verdade. Também não queria disfarçar com mentiras. Foi o que fiz quando ela perguntou meu nome e eu respondi que era Mário. Sou conhecido por esse nome nesta região, mas não é o meu nome verdadeiro. Enquanto viver por aqui, serei unicamente Mário.

Contei a maior parte do meu passado. Mesmo sendo verdade, excluí alguns fatos supérfluos, mas não fugi da veracidade.

A chuva continuava caindo. A tenda de couro encharcou-se com a umidade e a costura afrouxou, fazendo com que as gotas de chuva caíssem em minhas costas.

— Sua esposa é uma mulher de temperamento forte, não é?

— É porque me enfureci e tentei matá-la, mesmo que não fosse minha esposa, qualquer um teria medo.

— Você é um homem de ideia fixa. Quanto a mim, ninguém se daria ao trabalho de me matar.

Quando converso com essa mulher, sinto uma sensação estranha. Ela me deixa pensativo.

— Sua esposa foi embora?

— Quem ficou brava foi a família dela. Levaram-na embora. Com a condição de não me processar, cedi meus bens a ela e fui enviado a um hospital psiquiátrico. Minha mãe mudou para a cidade e, enquanto fazia costuras, esperava pela minha alta.

— Queria ter encontrado com sua mãe. A minha era filha de índios, não sabia nada. As únicas coisas que me ensinou a fazer foi lavar roupas, preparar cuscuz e criar papagaios. Meu pai a desprezava e até disse que a abandonaria aqui caso ele fosse embora para o Japão.

Fiquei muito surpreso ao ver que a imagem descrita de minha mãe causou uma impressão tão forte em seu coração. As lembranças mais vívidas que tenho ligado a ela são as memórias de alegria, sofrimento e tristeza. Essas emoções devem ter passado para ela. Falar sobre a própria vida sempre nos deixa, de certo modo, envergonhados? A mulher não dizia nada e eu tampouco tinha vontade de falar.

Com a luz da vela no meio, jantamos o que tinha para comer. Agora que a conversa se encerrou, nada mais havia a fazer, apaguei a luz e deitei.

A chuva continuava caindo, como se compensasse pelos noventa dias de seca. Sem saber quando, adormeci, mas acordei ao ouvir o som de água perto da canoa. Parece que um peixe enorme se debatia dentro do rio. Tive a impressão de que a canoa estava sendo levantada e algo passou raspando no fundo da embarcação. A canoa oscilou muito. A mulher dormia na minha frente e gritou, meio adormecida:

— Aaahh!!

Agarrou-se a mim. Foi uma boa ideia ter segurado a mulher pelo ombro por reflexo, pois nessas condições, levantar-se de repente viraria a canoa. Risquei o fósforo. Se fosse preciso, acenderia a vela, mas nada aconteceu depois. A chama do palito apagou-se.

— Foi um jacaré.

Tínhamos aproximado nossos corpos, quase nos abraçando, então empurrei o ombro dela e a fiz sentar. Estávamos um de frente para o outro, calados no meio da escuridão. A chuva continuava, como sempre, batendo na água do pântano.

A barca vazia

Queimando a canoa

— Mário, acorde.

Em sonho, tive a impressão de que alguém me chamava, quando acordei, assustado. A mulher tinha colocado sua mão em meu ombro. Ela fez isso porque não acordei ao me chamar. Estava bastante cansado e adormeci profundamente, sem lembrar-me de nada. Estirando as costas, sentia as dores de cãimbra nos músculos do pescoço e dos ombros, provocadas pela posição em que dormi no espaço estreito.

Coloquei meu corpo para fora da canoa, abrindo espaço entre as taboas, apanhei água com as mãos e molhei meu rosto, mas a água turva cheirava a lama e não poderia enxaguar a boca.

O pântano dormia no meio da densa neblina matinal. Uma ave aquática próxima cantava alto. Sem perceber quando, a chuva havia cessado. Sabia que a neblina matutina de verão era sinal de que o tempo ficaria bom. Contudo, era final de inverno e, após três meses de seca, não poderia dizer muito sobre a previsão do tempo, mas graças à chuva da noite, pairava uma sensação confortável.

A mulher fazia os preparativos da manhã antes de me acordar, gravetos queimavam dentro da frigideira. Da panela funda, pendurada no suporte da tenda, saía vapor. Outra qualidade dela era ser rápida em tudo. Achei que uma xícara de café para despertar fosse bem pensado e bebi um gole da caneca de alumínio. Um gosto ruim e nauseante se fez na boca e, sem querer, cuspi no rio.

— Já tomou esse café? – indaguei.

— Ainda não.

— Imaginei que não. A água daqui está podre, jogue fora isso aqui e faça outro.

— Ah, pensei que fosse seguro se fervesse.

— Não me refiro a fazer mal à saúde, falo do gosto ruim. Deixe para lá. A chuva parou, vamos partir?

— Mário, encoste uma vez na margem.

Ela teria se lembrado do que aconteceu ontem, já que o final da frase continha um risinho. Ao lembrar a postura estranha e desesperada da mulher, achei graça, e o mau humor por causa do café ruim desapareceu. Além disso, a movimentação da neblina indicava tempo bom, o que alegrou meus sentimentos.

Ontem, quando entramos no pântano que parecia uma protuberância do rio, as folhas finas dos juncos que roçavam o fundo da canoa já não chamavam atenção, pois o volume de água do rio aumentou com a chuva da noite. Isso fará a embarcação navegar com rapidez, sendo de grande ajuda por não deixar que a canoa rouçasse com o fundo do rio.

A neblina desaparecia aos poucos, mas a visão ainda estava reduzida, e na frente da canoa havia vultos de contornos escuros que não se dissolviam, nem se moviam. Parecia uma moita de arbustos e, remando nessa direção, chegamos a uma margem com árvores, como tinha imaginado.

Puxei a canoa para a terra firme, estirei a tenda pesada e amolecida pela chuva na proa e coloquei o varapau e o remo nos lados da embarcação. Talvez a mulher quisesse fazer uma gentileza, trouxe para mim e para o bebê, ainda na canoa, uma xícara de café quente e a mamadeira. Desta vez, o café estava bom. Deu de mamar no bico de borracha e, ao observá-lo, senti uma afeição por ele, mesmo que fosse filho de estranhos, pois não se diz "nas viagens a companhia?"[2]?

Ao olhar para cima, havia algumas fissuras por entre as nuvens cinza que se moviam, na qual feixes de luz atravessavam iluminando, mas logo escondidos pelas nuvens seguintes. O ir e vir das nuvens

---

[2] Parte de um provérbio japonês: "Nas viagens a companhia, na vida a compaixão". (N. da T.)

eram tão rápidos que provocava vertigem. A mulher preparou a refeição e subiu na canoa. Era por volta das nove horas, um horário ainda cedo para o café.

Empurrei logo a canoa para a correnteza. A embarcação deslizava veloz e, se continuasse assim, até o anoitecer conseguiríamos chegar à torre de transmissão ao pé da colina, como planejado. Lá, existe um barranco escavado pela erosão e a margem era um banco de areia misturado ao cascalho, um local apropriado para passar a noite ao relento. Se passarmos uma noite por lá, poderia considerar o fim da viagem de canoa.

Contudo, será que a mulher já pensou no que vai fazer daqui em diante? Ao ver a situação frágil dos dois, fiquei mais preocupado com eles do que com a minha própria sorte. Apenas por passarmos juntos uma noite dentro da canoa, uma mudança se passou com meus sentimentos, a vontade que tinha de abandoná-los como naquele momento de quando nos encontramos havia desaparecido.

Mesmo que seu objetivo seja a cidade P, lá existe alguém bondoso que queira ajudá-la? Mansaku estava foragido, e não havia como descobrir sobre seu paradeiro; o irmão é muito provável que não o consiga encontrar. Assim que levar a mulher até o destino prometido, minha função estará terminada. No entanto, fiquei apreensivo, apesar de nossa ligação ser apenas a de dois estranhos que se encontraram.

Ela possui algum dinheiro para as despesas por algum tempo? Chegando ao porto da vila S, se estiver em dificuldade, posso ajudá-la um pouco. Porém, eu também não estou em condições de ajudar os outros. Depois que nos separarmos, pretendo esquecer por completo dela.

Eu tinha algo em mente desde que abandonei a fazenda dos Dias. Há cerca de um ano, no caminho de volta da cidade P, por um descuido, ainda estava no rio principal quando anoiteceu. Procurando um local para ancorar a canoa na margem, de repente avistei na mata nativa uma parte aberta, onde brilhava uma luz. Passei uma noite ali, o dono dizia chamar-se Guiomar Alves de Souza Santos. Disse também que naquela região era conhecido como Santo. A esposa faleceu e tinha uma filha, criada em outra casa; ela sempre convidava o pai para morar junto com ela, mas ele vivia sozinho, salgando os peixes que pescava e obtinha o sustento vendendo-os para comerciantes que passavam por ali.

Estava bem-humorado com a pinga que lhe dei e, sob a lâmpada de querosene que pendia do teto, continuou a conversar indefinidamente. Santo era grande conhecedor dos campos do extenso estado M, como se fosse a palma da sua mão.

Quando soube que eu era criador de porcos na fazenda dos Dias, disse:

— É a terra do João, não é? Ali a terra que avança ao rio tem o formato de uma cabaça, muitos entram ali achando que tem mais a frente, mas caso for perseguido, irá direto ao inferno.

Fiquei surpreso que conhecesse até a geografia das terras que arrendei. Disse que quando jovem era um vaqueiro, mas pelo modo com que contou as histórias, tratava-se, na realidade, de um ladrão de gado.

— Jovem, fiz vários tipos de serviço, mas o melhor é ser pescador. Digo para o seu bem. Na verdade, minha filha está me chamando para morar com ela, e eu estava procurando um herdeiro de quem gostasse. Mas não pode ser qualquer um, gostei de você. Passo para você todos os direitos de uma só vez, pague o equivalente a três anos de salário de diarista. Sou Santo, pescador de pintado conhecido neste rio. Você não parece ser bobo, logo aprenderá o serviço. Trabalhe com afinco durante dois ou três anos e logo fará uma pequena fortuna. Não estou mentindo.

O dono queria resolver tudo logo, mas como não havia previsto o dia de hoje, não dei muita atenção e considerei a conversa como uma proposta limitada daquele momento.

A barca vazia

Quando amanheceu, ele se despediu na minha partida, mas estranhei porque nem tocou no assunto de que tratara tanto na noite anterior.

Como ele estaria agora? Desta vez sou eu quem pedirá a ele para me vender a terra, apesar de ser um assunto que recusei no passado. Como ele reagirá, só saberei quando chegar o momento.

Sem querer, divagava nas lembranças do encontro daquela noite com Santo, quando a mulher me chamou, dizendo que era quase hora do almoço. Enquanto estava refletindo, o barco era levado pela correnteza por uma terra totalmente estranha. Apesar de chamar de almoço, era uma comida que não despertava o apetite, já que a farinha de mandioca dava a impressão de que comia areia. Gastava tempo mastigando e era difícil de engolir. Embora satisfizesse a fome, causava prisão de ventre.

Depois de tomar água de arroz, o bebê pegou no peito da mãe. Ela não come quase nada. Como não é de fazer cerimônia, apenas observei, calado. Parece que não tomou leite suficiente, pois o bebê não largava do peito. Ao ver o filho gordo e a mãe magra, lembrei-me do gambá, animal que carrega o filhote na bolsa da barriga e anda pela noite, sugando o sangue de galinhas vivas. Só de pensar nesses pequenos animais selvagens, um cheiro azedo parecia pairar no ar.

No céu, uma tênue luz do sol atravessava as nuvens que se assemelhavam a uma renda branca e fina. Quando um grupo de nuvens passava, os campos queimados escureciam como se pintados de tinta preta. Depois de algum tempo, incidiam raios solares brilhantes, refletindo-se também na superfície da água e as ondas cintilavam, mas logo se enfraqueciam e desapareciam.

Terminávamos o almoço quando a canoa começou a balançar e a correnteza ficou agitada. Entramos em uma região estreita entre colinas. Era um dos lugares mais perigosos para um barco que desce o rio quando o volume de água aumenta. Com as condições de hoje, não era preciso tomar muito cuidado, mesmo assim, a canoa era empurrada pela corredeira e precisava desviar de choques contra as margens. Fiquei em pé na proa, mas não utilizei tantas vezes o varapau; ao sair do espaço entre as colinas, o barco se dirigiu à mata de angicos. Da vez anterior, passei por essas árvores, mas depois que a água diminuiu por causa da seca de três meses, esta correnteza deve ser o curso principal do rio. As árvores velhas espalhavam suas raízes na superfície da água, produzindo uma grande sombra, e o curso desparecia dentro dela.

Disse para a mulher se abaixar, o que também fiz. A canoa, empurrada pela corredeira do estreito, deslizava para dentro da mata de galhos emaranhados. Nesse momento, surgiram vozes desconhecidas acima de nossas cabeças. Tão estranhas que a mulher, agachada no fundo da canoa, gritou sem nem mesmo saber o que era. Também fiquei sobressaltado, mas eles também devem ter se assustado com a canoa que surgiu de repente. Um bando de animais ágeis espalhou-se ruidosamente, pulando de galho em galho.

Ao sair da densa sombra embaixo das árvores, notei que estranhos torrões pontilhavam a bagagem e o fundo da embarcação. Afastei com a ponta da vara e eles caíram rolando. Eram fezes que os macacos derrubaram em nós quando passamos por baixo de seu ninho.

A canoa alcançou uma terra plana, sem fim. Após o incêndio, nos campos que ainda não se viam brotos de plantas, a correnteza contínua brilhava prateada; à frente, podia-se ver, enevoada e azul, uma cordilheira ao longe. A partir de agora, a descida do rio até o anoitecer seria uma viagem tediosa. Joguei o varapau para o canto da canoa, encostei-me na tábua que servia de assento e estiquei as pernas para descansar. A mulher se mostrava um pouco inquieta. Imaginei que ela queria propor alguma coisa.

— Mário, não tenho nenhum dinheiro — ela disse, como se tomasse coragem.

— Hum...

A barca vazia

Respondi o mais seco que pude. Então ela veio mesmo com uma proposta.

— Trouxe algumas coisas que ganhei e quero trocar por dinheiro.

Isso foi inesperado. Ela tinha algo de valor para trocar e queria que eu avaliasse. Do saco encardido que trazia junto ao corpo e que usava também como travesseiro, ela tirou uma bolsa feita de bexiga de boi. A boca estava bem amarrada e levou muito tempo para conseguir desatar os cordões de couro.

O que ela vai tirar da bolsa? Fiquei curioso com o rumo dos acontecimentos. Parecia que forçava muito os dedos, as mãos tremiam. Por fim, desamarrou os cordões e, colocando a bolsinha na palma da mão, estendeu de qualquer jeito. Segurei e me surpreendi com o peso. Pensei que fosse ouro em pó.

Nesse estado, vez ou outra, ainda se ouvem boatos sobre ouro de aluvião. No rio acima, bem longe daqui, ouvi dizer que, no passado, pessoas usavam peneiras ou bateias para garimpar. Enquanto esses pensamentos povoavam minha mente, abri a boca encolhida da bolsa amarrotada. Havia correntes de ouro, medalhinhas e braceletes.

Comparei as joias de grande valor com a dona, uma mulher de aparência pobre. Esse aspecto contrastante fez com que me exaltasse um pouco. Não seria possível avaliar de imediato as joias que segurava, ainda mais calcular seu valor para a moeda atual. Por outro lado, era um ato muito ousado ela mostrar esse tesouro para mim.

Sou apenas um estranho que cuidou de uma mãe e filho perdidos. Agi com moderação porque não queria ter uma relação sem importância com uma mulher de passagem; não fiz nada para ganhar a confiança dela. Mesmo que queira trocar seus pertences por dinheiro, achei que havia outras formas mais seguras de fazê-lo. Ou seja, essa mulher está criando para si mesma uma situação perigosa. O local em que estamos, se quisesse tomar à força suas coisas, era mais fácil do que roubar de criança.

Poderia até destruir todas as provas. Senti que a linha que nos ligava tornou-se tensa.

Enfiei o dedo na bolsinha e peguei uma corrente. Estava emaranhada, mas se soltou com facilidade. Aparei-a com a palma da mão e logo estranhei. Para uma corrente, estava muito leve.

Nunca tive o costume de colecionar pedras preciosas ou joias. Porém, minha ex-esposa tinha interesse por esses enfeites e os adorava. Talvez tenha sido eu quem a induziu e alimentou essa tendência. Quando nossa relação se tornou hostil, comprava broches e colares para agradá-la. Faz muitos anos que vivo longe dessa vida leviana, mas baseado nessa experiência do passado senti por instinto que se tratava de algo diferente.

Mesmo uma joia pequena e de acabamento simples possui, de certo modo, sua beleza delicada e seu peso. Entretanto, a corrente simples e grossa que segurava faltava-lhe o peso que deveria ter. Levado pela suspeita, analisei a superfície da joia. Com um simples exame, pude afirmar que se tratava de uma peça banhada e de má qualidade. Havia adornos que poderiam ser confundidos com os verdadeiros, apesar de serem banhados.

Não seria um problema se o dono souber desse fato, mas se achar que as peças falsas são verdadeiras, haverá aí um erro de cálculo. O que tenho em mãos agora é um dos adornos vendidos na festa do dia de Todos os Santos, por vendedores de rua em praça de igrejas, ao preço de "pague dois e leve três". Duvidando da possibilidade de que todas as peças fossem imitações baratas, tirei uma por uma da bolsinha. Não apenas eram do mesmo tipo, como no fundo da bolsa havia até uma pulseira bagaceira, já coberta de pátina.

Era ignorância da pessoa que as recebeu sem saber se eram falsas ou verdadeiras, mas podia imaginar o riso sarcástico do homem que as enviou, atribuindo-lhes um preço alto para atrair a atenção da mulher e brincar com seus sentimentos.

Pelo modo como agi, ela por fim desconfiou.

A barca vazia

— É tudo imitação, não há uma peça de valor.

— O quê?!

— São banhadas, não valem um patacão.

Era cruel, mas não havia outro jeito a não ser dizer a verdade.

— É mesmo?

Sua decepção foi como ver um balão murchando. Parecia que se continha com muito esforço, mas seu rosto estava pálido e seus olhos revirados.

Ela pegou as peças que devolvi, juntou-as e colocou dentro da bolsa. Tive curiosidade em saber o que ela faria com essas quinquilharias. Então ela simplesmente jogou a bolsinha para fora da canoa.

— Ah!

Pego de surpresa, soltei um grito de surpresa. Na superfície sem ondas, fez-se o barulho de algo caindo e de respingos de água. As ondas que se espalharam atingiram a embarcação, mas logo desapareceram no meio da correnteza.

— Ahahaha!!

A mulher ria alto, mostrando a fileira de dentes brancos.

— Ei, Mário, como não percebi que aquele velho maldito do Mansaku jamais me daria joias verdadeiras? Agora, não tenho mais com o que te retribuir.

Na verdade, não tinha expectativas em receber nada dela, mas percebi que estava enganado até agora, julgando-a apenas superficialmente, e fiquei sem palavras para responder. Não seria preciso reafirmar que possuía muitos defeitos e não conseguiria manter-se sozinha. Contudo, fiquei impressionado com o desapego ao jogar as peças no rio e a fácil desistência ao perceber que não valiam nada os objetos que contava como dinheiro.

Até mesmo minha competente mãe, que superou a morte inesperada do meu pai, minha loucura e resolveu com calma o incidente, tinha apego aos bens, e segundo ouvi por outras pessoas, ela morreu preocupada por eu não ter dinheiro.

Comparando essa mulher com alguém sem um tostão como eu, cheguei à conclusão de que ainda tenho muito a abdicar para chegar ao mesmo nível dela. O resultado do trabalho de três anos na fazenda dos Dias transformou-se em cinzas ao ser queimado pelo incêndio, mas apesar do prejuízo ter sido grande, as recomendações do doutor Augusto para o tratamento da instabilidade emocional alcançaram seu objetivo.

Como os cuiabanos dizer para indicar uma longa distância: "é logo ali", a autoconfiança para viver nessa região foi o principal fruto que colhi, não sofrendo muito com a perda do trabalho. Porém, sempre tive dinheiro guardado para não passar dificuldades. Não sei qual a situação da fazenda Jinzai hoje, mas minha parte deve estar depositada no banco da cidade P. Também tinha alguns amigos, e a família de Kobayashi virá em meu socorro se eu pedir. Como nasci e fui criado em um ambiente no qual não precisava rogar favores, não gostava de pedir aos outros; dependendo do dia, meu humor era instável, pouco apreciava pessoas que se aproximavam com segundas intenções, ou ainda, não queria me envolver por interesses ou conveniências. Mas tudo não passava de autodefesa e orgulho de alguém que tinha meios suficientes para se manter. Por esse motivo, a pessoa teme mais do que tudo ficar sem os bens próprios.

No passado, perdi o que se chama de bens, mas ainda hoje não sou capaz de afastar esse apego. Eu desprezava esta mulher desde o nosso encontro, mas percebi que era eu quem não estava à altura dela.

Com esse estado de espírito, olhei para ela. Ninando o bebê, que ria nos braços da mãe, ela parecia conformada com o que passou.

— Ah, ele riu. É a primeira vez que ele ri.

Mãe e filho brincavam despreocupados. Eu achava que possuía uma personalidade longe do sentimentalismo, mas neste momento, pego de surpresa, algo quente brotou em meu peito; me atrapalhei de um jeito que chegou a ser engraçado.

A barca vazia

Por experiência, pensava ser ideal passar o resto da vida solteiro. Isso se originava de um sentimento de renúncia, mas também porque decidi que não existiria uma mulher que entendesse minha situação. Contudo, vi nesta mulher, através de uma série de acontecimentos, um estado de espírito que desejava alcançar de algum modo. Pelo modo como foi criada, ela não poderia viver no meio das pessoas. O ambiente criou este tipo de mulher. Nesse ponto, achei que éramos parecidos. Mesmo que vivesse na pobreza, gostaria de me casar com ela. Decidi perguntar o que ela sentia.

Por outro lado, havia também uma resistência em me ter em alta conta. Uma voz me dizia: "A qualidade que você achou na mulher se origina da ignorância e do desleixo; foi apenas um encontro fortuito, assumindo mãe e filho que nem conhece direito. Não vai se arrepender se tornar sua vida mais atribulada?".

Enquanto Ana era uma bela mulher, seu temperamento era difícil e deu bastante trabalho, até que enlouqueci, por isso esse tipo de receio era natural. Mas a falta de educação desta tinha solução e sabia que no fundo procurava uma mulher com esta natureza.

— Eva — disse pela primeira vez o nome dela.

— O que foi, Mário?

— Tenho algo para te contar. Escute. Sou conhecido por Mário, mas meu nome verdadeiro é Tsugushi Jinzai.

— É mesmo?

— Você quer formar uma família comigo?

Ela pareceu não entender essa proposta repentina, o que eu estava pensando ou querendo. Hesitava, sem compreender o que eu queria dizer a essa altura dos acontecimentos. Na noite daquele encontro, embaixo da ponte, sem dúvida faria mais sentido para ela se eu a tivesse desejado. Infelizmente, para Eva, uma das condições para sua sobrevivência era, a parte de seus pequenos desejos, entregar-se para homens como Mansaku.

Por ter sido lapidada pela pedra de afiar do mundo desde a época em que mal havia saído da infância, ela avaliava as pessoas apenas por esse lado. Deve ter achado que eu era impotente ou muito excêntrico.

— Sim, sabia desde o começo que você não era um desses vaqueiros ou diaristas. Não sei bem, você tem mais o porte de um patrão. Mas isso não é estranho, Mário? Ah, não é Mário. Você não gosta de mim, não é? Se for me acolher por pena, eu recuso.

— É verdade, quando nos encontramos, não a vi com bons olhos. Mas agora te vejo de outro jeito. Ambos não temos a quem recorrer; pensei em nos ajudar.

— Mas eu carrego um filho sem pai.

— Sei disso. Vamos esquecer o passado. Basta fazer desta criança meu filho.

— Tsugushi, está falando sério?

— Sim.

Eva estava com os olhos arregalados e foram ficando rasos de lágrimas, que escorreram e caíram em cima dos joelhos. Coloquei minhas mãos em cima das mãos da mulher que prometi fazer minha parceira pelo resto da vida.

A correnteza plácida passou sem saber quando, e a canoa entrava ao pé da cadeia de colina que avistáramos ao longe antes do almoço. O corredor de água procurava avançar entre as colinas, desenhando um complicado caminho e já estava alcançando a correnteza principal. Rio abaixo, deveria haver um extenso banco de areia e eu mantinha os planos de passar uma noite lá. Contudo, não poderia imaginar que passaríamos nossa noite de núpcias nesse local.

A canoa girou com o redemoinho da correnteza e virou de lado, ameaçando subir na margem. Deveria pegar logo o varapau e controlar para que a popa recebesse a correnteza, mas errei ao usar o remo. Distraído com o enlace, digamos excêntrico, com Eva, não prestei a atenção necessária para o controle da canoa. Troquei logo pelo varapau, mas houve um instante de falha no controle da embarcação.

Empurrada pela forte pressão na lateral, a canoa se aproximou da margem. Desse modo, há o risco de a embarcação virar, então coloquei mais força no varapau fincado no fundo da água. Assim que a proa mudou a direção, o fundo da canoa recebeu um forte choque. Como consequência, a frente levantou e a popa afundou como se mergulhasse na água. Pareceu que a canoa passou por cima de um obstáculo dentro da água, mas neste momento, ouvi um estalo seco. Eva estava agachada, segurando a criança, e por um momento estava aliviada por sairmos do perigo, quando ela gritou:

— Água!

A água entrava embaixo do meu assento, como um leque se abrindo. Calculei o volume de água que infiltrava. Se tapasse a rachadura com um pano, conseguiria chegar ao nosso destino.

— Não se preocupe, não vai afundar.

Após verificar a segurança da embarcação, me tranquilizei, mas achei inesperado que um choque contra uma árvore caída no fundo do rio provocasse uma rachadura na canoa.

Enfim deixávamos a região de colinas para entrar no pântano. A torre de transmissão de energia continua sempre distante, mas o martim-pescador pousado silenciosamente no galho da árvore na margem distanciava-se aos poucos, indicando que a correnteza empurrava a canoa com velocidade considerável. Eu continuava a tirar a água da embarcação.

Eva, sentada de frente, avisou que viu o banco de areia. Quando partimos esta manhã, pensava na hora para chegar ao porto S, mas isso já não era mais necessário. Amanhã, sabendo que seria alvo de caçoadas do velho Santo, pensei em visitá-lo. Se ele me cedesse seu trabalho, poderia fazer planos para o futuro.

Quando a canoa chegou ao extenso banco de areia, calculando pela inclinação do sol, logo deveria ser quatro horas. Poderíamos passar uma noite dentro da embarcação que arrastei para a margem, mas como teria que examinar a canoa, resolvi montar uma cabana encostada na margem defronte. Com duas paredes feitas de plantas, estendi o couro costurado como telhado.

Ao carregar para a cabana os pertences, fui até umas árvores próximas e juntei galhos secos, pedindo para Eva ferver água.

Esta noite será nossa noite de núpcias. Há três dias cobertos com cinzas e fumaça, como não tomamos nem banho de rio, queria limpar o corpo antes de unirmos nossos corpos. Primeiro banhamos o bebê. Vendo o pequeno confortável à medida que esquentava, foi ficando vermelho e então, algo como uma salsicha amarela flutuou. Eva pegou com a mão e jogou na areia, como se não fosse nada.

— Ele nunca teve diarreia, tem um estômago forte.

— Deve ser uma criança fácil de cuidar. E tem uma expressão firme.

Quando criança, eu tinha o aparelho digestivo fraco e sempre ouvia de minha mãe que ela teve trabalho para cuidar de mim. Meu pai veio para esta nova terra com o intuito de dar vida nova para o sangue estagnado de uma antiga família. Porém, a família Jinzai era muito frágil e, nesta terra furiosa, viu seu declínio em apenas duas gerações. Tinha a intenção de confiar um futuro a esta criança de sangue selvagem que adotei. Se possuísse boa índole, um dia teria a oportunidade de sair para o mundo.

— Agora é a sua vez, vou te lavar.

Eva levou o bebê para a cabana e acrescentou mais água quente na grande panela, sentando-se de costas para mim ao se despir na areia. Foi uma surpresa ver seu corpo tão magro. A pele era bem escura, mesmo que tivesse metade do sangue de minha raça, possuía características de uma índia. Estava sentindo frio, pois ela tremia um pouco. Depois de conferir a temperatura da

A barca vazia

água, derramei por cima dela e passei o sabonete, esfregando suas costas. Quando terminei, fiz com que ficasse de frente para mim. A clavícula era funda, as costelas saltavam como se fosse o esqueleto de um guarda-chuva aberto, seu peito mantinha a elevação dos seios de algum modo, mas a parte inferior até o estômago estava inchada. Era evidente que se devia ao inchaço do fígado, provocado pela esquistossomose.

À primeira vista, era um corpo longe de ser de uma mulher madura, esquelético como o de um garoto; dava a impressão de uma galinha depenada, mas se podia ver do abdômen até as coxas que havia vitalidade de quem teve partos. Eva deu um risinho pelo fato de me expor seu corpo nu, parecia esperar por uma reação, mas não sorri de volta. Estava distraído pensando na gravidade da doença dela. Lavei-a dos ombros ao peito e do abdômen aos pés. Eva vestiu a calça índigo *US Top* e uma camisa de malha, que tirou do saco. Se ela raspasse os cabelos, poderia ser confundida com um menino.

— Agora é a sua vez, por favor.

Parece que ela sabia usar palavras mais educadas. Mas é provável que dissesse por brincadeira. Ao tirar a roupa, dobrei os joelhos e agachei na areia. Passando sabonete nas costas e jogando água quente, tive uma sensação de frescor estonteante. Levantei-me, girei o corpo e fiquei de frente para ela.

Eu e Eva tínhamos trinta centímetros de diferença de altura. Ela olhou para minhas partes íntimas.

— Nossa!

Como se tivesse visto algo inesperado, levantou a voz e estendeu a mão.

Tanto eu como ela já conhecemos o sexo oposto, vivenciamos mais do que o suficiente sua parte mais escura e suja. Ela me tocou sem fazer uma pose previsível, e entendi que isso era demonstração de uma afeição sincera.

— Ei, me enxágue.

Pedi a Eva e dobrei um dos joelhos.

O sol começava a se pôr. Da torre de ferro construída em cima de uma pedra que se destacava, as várias linhas de transmissão atravessavam o rio tendo duas extremidades fixas por isoladores, mas mesmo assim, pendiam por causa do próprio peso e riscava o crepúsculo de inverno que passava do vermelho alaranjado para o violeta.

Fizemos uma comemoração informal, antes do sol se pôr. Era óbvio que faltava tudo para chamar de um banquete, mas havia a valiosa sardinha em óleo enlatada, azeitona em conserva, goiabada e, fervendo em uma panela pequena, sopa instantânea de macarrão em concha. Além disso, abri uma garrafa de saquê e despejei em um copo. Dei um gole e ofereci a Eva.

Nossa união não receberia a benção de ninguém, mas achei que, por isso mesmo, era permitido a nós três morarmos em sossego.

— A partir de agora, conto com você.

Fiz uma reverência para Eva.

— Eu também, conto com você.

Eva tinha uma expressão séria, que depois se tornou dócil. Fiquei um pouco ébrio. Ela quase não comeu e deu sopa para a criança.

Nessa noite, nós nos tornamos marido e mulher. Pela primeira vez, soube compreender o coração de uma mulher. A reação de Eva também era desconhecida para mim, mas notei que ela se entregou de corpo e alma, desejando uma nova vida.

Na manhã seguinte, Eva disse que estava com dor de cabeça, então eu preparei o café. Tirei um comprimido de aspirina da mochila, dei a ela e a fiz deitar.

Parece que sua saúde ficou debilitada por causa dos três dias dormindo ao relento e da mudança de ambiente. Como não

A barca vazia

tínhamos mais pressa, poderíamos partir depois do almoço ou, dependendo do estado de Eva, ficar mais um dia. Enquanto isso, faria a revisão da canoa, tamparia com panos a rachadura no fundo da embarcação e desceria o rio até a casa de Santo.

Virei a canoa e comecei o trabalho de reparação. Então, vi que não era uma rachadura aberta na madeira dura, mas a própria canoa estava apodrecendo. O buraco aumentava conforme tentava tapar, por isso não havia mais condições de navegar rio abaixo. Para saber até onde havia apodrecido, bati com as costas do facão, e pedaços de madeira, como serragem, caíram, criando um buraco do tamanho de uma bacia. Por sorte, apenas essa parte estava podre, e o casco parecia resistente; se reforçasse por fora com a tábua de assento e pregasse várias camadas de couro, poderia aguentar o resto da viagem de menos de um dia. Voltei para a cabana a fim de pegar o couro e pregos, necessários para o trabalho.

Eva e a criança dormiam bem.

Depois de revirar o saco, percebi pela primeira vez que havia esquecido a caixa de pregos embaixo da ponte. Como foi uma partida precipitada, acabei deixando a caixa de ferramentas. Ficaremos em uma situação complicada se não pudermos usar a canoa. Não seria um problema andar pelo campo acidentado se estivesse sozinho, mas trazendo mulher e criança, queria chegar o mais rápido possível à vila. Se não podemos contar com a embarcação, seria melhor partir daqui logo. Acordei Eva. Uma viagem a pé, por mais que o destino esteja próximo, não daria para fazê-lo de mãos vazias, precisaríamos de provisões extras e roupas, não poderia faltar também a arma, mesmo que fosse pesada. Por precaução, levarei a manta de couro costurada. Resolvi abandonar tudo o que não fosse de uso imediato. Tinha a intenção de partir logo, por isso fui à frente, descendo a margem do rio e esperei por Eva.

Ela estava demorando muito, mesmo que estivesse arrumando a criança. Não aguentei mais esperar, voltei para ver o que aconteceu.

Eva estava caída, apoiada no barranco. Joguei as bagagens e a levantei. Ela explicou que sentia tonturas ao levantar. Se estivesse doente, não havia outro jeito, talvez ela se recuperasse se ficasse mais um dia aqui.

Parece que contraiu uma gripe. Havia anti-inflamatórios extras, mas achei que a ingestão de remédios em quantidade excessiva poderia fazer mal, então aguardei um pouco mais. No entanto, a febre estava muito alta. A testa parecia queimar. Coloquei na cabeça dela uma toalha molhada com água do rio. Enquanto isso, o bebê acordou e chorava. Diluí o leite em pó na água quente, dei para a criança e dei o remédio para a enferma; já era próximo do meio-dia. Comi sozinho o almoço, mas minha língua parecia áspera e não senti gosto de nada.

Mesmo ao lado da doente, não tinha mais nada a fazer. Às vezes molhava a toalha. E anoiteceu. Fiz papa de arroz para a criança e para Eva, mas ela não comeu. Dei-lhe remédio, mas a febre não baixou nem um pouco. Se continuar assim, há o risco de evoluir para uma pneumonia. Comecei a ficar preocupado.

Pelo menos não estava chovendo, mas esfriou à noite. Mesmo que haja paredes de capim, era o mesmo que nada, e não tinha como impedir a entrada do vento frio. Fiz uma fogueira, mas quando os gravetos que tinha recolhido acabaram no meio da noite, cortei a canoa e transformei em lenha.

No segundo dia, a enferma bebeu um pouco de água quente. A febre baixou, mas ela adquiriu uma cor amarelada e estava encolhida. Parece que não era apenas a gripe, presumi que uma desordem funcional do fígado, causada pelo parasita, também estava agindo.

Não tenho sorte alguma. Mesmo que entrasse água na canoa, poderíamos ter descido o rio de alguma maneira. Dizem que em qualquer situação trágica, se agir com fé e perseverança, essas próprias ações se transformam em esperança; no momento, estava desanimado demais para sequer me mover. Achei que o estado de

A barca vazia

saúde de Eva estava piorando. Ela comeu um pouco da papa de arroz, mas depois vomitou muito líquido escuro.

No terceiro dia, a febre que havia baixado voltou. O peito magro subia e descia com a respiração, as pequenas ventas do nariz também se moviam. Seus lábios estavam roxos e ela gemia apenas por respirar. Os sintomas de que a gripe evoluiu para uma pneumonia eram evidentes.

Pensando mais tarde, nosso encontro reuniu muitos fatores do destino, resultado de relações mútuas. É natural a racionalidade humana afastar situações desagradáveis, averiguando os motivos que as causaram, mas por outro lado, há pessoas que acreditam em uma força que foge da vontade humana. Dependendo da pessoa, quando está em dificuldades, apelam para essa entidade, mas eu não consigo fazer isso de modo algum. Apenas desejo que Eva lute contra a doença e se recupere.

— Amanhã vou conseguir levantar, não é?

No primeiro dia, ela respondeu sorrindo, mas no segundo dia, só disse:

— Estou sufocando.

No terceiro dia, falou:

— Cuide da criança. Dê um nome parecido com o seu, Mauro.

Pelas suas palavras, imaginei o pior.

Na verdade, a febre passou. Mas seu corpo estava exausto e as mãos geladas. Vendo a gravidade do estado de Eva, a partir do segundo dia, estava pensando em como trazer ajuda. Porém, ela estava sempre me solicitando, não conseguia me afastar.

Desse dia em diante, apenas cochilava. Saí sem fazer barulho da cabana e subi a colina onde havia a torre de transmissão. De lá, podia ver pelos quatro pontos cardeais um extenso pântano, mas não havia nada parecido com uma casa até onde pude enxergar.

Quarto dia. Ela melhorou um pouco. Pensando que poderia levantar-se sozinha, tentou erguer a cabeça, mas já não tinha forças.

Voltou a falar sobre a criança. Eu já não conseguia ficar bravo, não pensei em mais nada a não ser tranquilizá-la.

Ao anoitecer, o céu ficou nublado e esfriou muito. O estado dela mudou.

— Não, não quero!

Não sei o que um doente entre a vida e a morte sente e por que se debatia, mas as experiências mais tenebrosas que ela passou durante sua breve vida teriam ressurgido em seu delírio ou teria tido alguma alucinação? A morte de Eva, na qual não pude tratá-la devidamente, parecia-se com a de uma pessoa que tomba à beira da estrada e não havia palavras para dizer a infinita compaixão que sentia.

Nessa noite, velei o corpo de Eva, acendendo a vela uma após a outra. Coloquei a criança, que não sabia de nada, nos braços da mãe para dormir. Queria que passasse essa noite, que separou a vida da morte, junto com ela.

Examinei seus pertences. No saco, havia uma lata de leite em pó, roupas do bebê e as dela; no bolso, tinha um espelho e um pente, além de uma carteira vazia. Não havia em lugar algum uma certidão de nascimento ou documento de identidade, que seria indispensável. Mesmo que seu nome seja Eva, sem um sobrenome não se poderia saber de quem era filha. Seria igual a um andarilho que cai morto e abandonado. Se fosse para passar por isso, teria sido melhor ao menos perguntar o sobrenome do pai.

Preciso enterrar Eva amanhã. Mesmo que declare na prefeitura que enterrei provisoriamente minha companheira por ser uma situação de emergência, previa trâmites complicados para esta situação. Meu pesar por Eva será resolvido em outro plano, por enquanto pensei em consultar uma autoridade quando fixasse residência.

No dia seguinte, enterrei Eva no meio das árvores, evitando um local à vista das pessoas por ser propriedade alheia. Finquei um

A barca vazia

79

pedaço de pau no montinho de terra para saber o local no dia em que vier buscá-la. Quando terminei o trabalho, já passava do meio-dia. Estava cansado, sentindo como se estivesse anestesiado e queria descansar, mas precisava sair desta terra o mais rápido possível. Destruí a cabana e queimei as coisas desnecessárias junto com a canoa.

Até encontrar com Eva, vivia sem saber o que era uma vida que fizesse sentido, mesmo que sempre buscasse. Por mais que pensasse sobre esse significado, talvez não pudesse ser encontrado. Eva morreu, deixando a criança aos meus cuidados. Para uma pessoa sozinha, cuidar de uma criança é um problema, mas ele não foi empurrado para mim por ninguém, eu tomei a iniciativa e quis adotá-lo como meu filho. É uma promessa que fiz para Eva. Agora, para mim, criar essa criança será uma vida com um propósito.

— Então vamos? Agora somos apenas nós dois, hein?

E segurando a criança com as duas mãos, levantei-o para o alto. O ser inocente ria feliz. Sobrepondo na criança que desconhecia a morte da mãe a minha própria infelicidade, uma tristeza pela perda de uma pessoa tocou meu coração.

Segunda parte

O errante

Na tarde daquele dia, carregando Mauro nas costas, deixei para trás o banco de areia. Embora partisse tarde, queria chegar ao atracadouro de Santo até o entardecer, andando ao longo do rio. Caminhei por algum tempo, até que o estreito caminho traçado por bois e cavalos desapareceu, e fui surpreendido por um extenso pântano, o que não havia previsto. Diante das costas da colina que se estendiam para o sul, calculei que na extensão desse afluente se encontraria o rio principal.

Pretendia atravessar essa região pantanosa a pé e comecei a andar na superfície mole de terra, coberta por plantas aquáticas como se fosse uma rede; a água afluía dos meus pés, afundando até os tornozelos. Escolhi esse atalho até o meu destino por intuição, mas percebi que nem mesmo o gado solto se aproximava por medo de atolar na lama, e retornei a contragosto, dirigindo-me para a terra alta.

Porém, o campo estava repleto de capins-navalha. Não havia vestígios de passagem de pessoas ou animais nessa região agreste de espinheiros emaranhados. A cada passo, pisava nas folhas duras das plantas e afastava os cipós cheios de espinhos que impediam a passagem; enquanto avançava, o sol, voltado para o norte como resquício do inverno, já começava a se pôr.

Avistei adiante uma densa mata e consegui chegar lá com muito custo. Em seu interior, a grama era esparsa e o chão seco; decidi passar a noite ali, depositando no chão a criança e os pertences.

Afastei-me muito do rio, mas conhecia a direção; de qualquer forma, não estava apreensivo, pois a cabana de Santo não era muito distante. Contudo, fazia sete dias que vivia dormindo ao relento, desde que parti da fazenda dos Dias. Durante essa árdua viagem, ocorreu a morte de Eva. Uma sensação de torpor ainda persistia em minha mente. Ainda não meditei sobre a influência desse fato em minha vida, mas a promessa que fiz à Eva de cuidar da criança não terminaria como uma decisão momentânea. O bebê precisa de cuidados, difíceis para um homem. No entanto, por causa desses cuidados, surgiu certo sentimento de paternidade.

Para passar essa noite, se estivesse sozinho, não teria apetite e não prepararia o jantar por ser trabalhoso, mas a criança não tinha nada a ver com essa questão, portanto, já que esquentaria a água para fazer o leite, senti vontade de tomar pelo menos uma sopa. Para um macaco que abraça o filhote enquanto se movimenta, mesmo que não haja a ameaça da mira de um caçador, minha vida e a da criança eram mutuamente unidas; na realidade, até hoje não conhecia com toda profundidade o amor dos pais.

Nessa época, não havia pernilongos para nos incomodar e ainda era um pouco cedo para cobras e outros bichos saírem de suas tocas. Entretanto, era uma situação diferente da vez em que passamos uma noite embaixo da ponte porque a casa fora incendiada. Não poderia me descuidar, pois além de ser uma região desconhecida, era propriedade alheia. Cortando o silêncio da noite que avançava, o grasno de pássaros noturnos no meio da escuridão transformava essa mata em algo ainda mais assustador.

Arrumei um lugar para sentar ao pé de uma grande figueira e empilhei gravetos na minha frente, montando uma meia lua e acendi uma fogueira. Mauro dormia entre minhas pernas.

Ao recordar a minha vida, não podia deixar de pensar que algum destino inexplicável estava me guiando. Minhas escolhas por vontade própria e as que foram feitas por obra de outros; se faltasse um desses fatores, não estaria aqui hoje. Assim como não se pode decidir a história por antecipação, mesmo que escolhesse meu destino por livre-arbítrio, as situações inesperadas que eventualmente surgissem eram um mistério sem solução. A morte dos meus pais, meu ataque, a separação de Ana, tudo isso foi efeito de forças independentes da minha vontade, mas se tornaram um passado de quatro ou dez anos. Contudo, o encontro com Eva e sua morte deixaram uma forte impressão, que ainda perturba meus pensamentos.

Era uma realidade passada e não havia nada ao meu alcance para fazer. Isto deve ser um dos meus destinos. A partir de agora, não queria viver um estilo de vida que não me satisfizesse.

Os passarinhos começaram a alvoroçar-se acima da minha cabeça e um lado da floresta começou a clarear. A fogueira que cuidei durante a noite transformou-se em um monte de cinzas brancas. Por ter passado uma noite sem problemas, mas que consumiu minhas energias, fui tomado por um sono profundo.

Sonhei. "Então estou indo, tá?". Balançando a mão e ainda mostrando remorso, ela diminuía cada vez mais até desaparecer. "Ei, Eva, vai me deixar com a criança?", gritei, tentando impedi-la de partir. Ouvi o som de algo pesado caindo e acordei. Acho que levantei o braço enquanto sonhava e o rifle se soltou do meu ombro.

O sol subiu há muito tempo e sua luz atravessava as folhas das árvores, projetando no chão inúmeros feixes de luz. O vapor de água emergia da superfície e, ao passar por essa luz, formava redemoinhos, desaparecendo na sombra. Ao atravessar novamente os feixes de luz, oscilava como um tecido de saraça à brisa, desenhando padrões listrados no ar, tremeluzindo e desaparecendo de novo.

Não havia mais em lugar algum a escuridão em que Eva partiu, estávamos no interior da mata que cheirava a folhas velhas em decomposição, em plena luz do dia. Mauro dormia, apoiando-se no meu abdômen como se fosse um travesseiro. Só então percebi, pela primeira vez, que Eva nos deixou e partiu para uma viagem distante. Esse tipo de aceitação é algo que assola as pessoas de repente, decorrido algum tempo?

A barca vazia

Estava tomado pela tristeza e angústia, como se minhas unhas fossem arrancadas; não aguentei mais e gritei como um animal. Mauro se assustou e acordou, incomodando-se. Ele estava com a fralda molhada e devia estar com fome.

Os mortos, mesmo que suportem seu esquecimento nas lembranças dos vivos, ou ainda, como a lápide de um túmulo, são de certo modo completos, apesar de excluídos da condição de vivos; os que estão vivos comem e defecam. Na realidade, eles têm desejos fisiológicos que não os permitem ficarem imóveis. Por esse motivo, a vida talvez seja incompleta.

Troquei a fralda da criança. Tinha feito um belo cocô amarelo. Dei o leite quentinho e ele melhorou seu humor, enchendo as bochechas vermelhas. Queria que esta noite fosse o último dia em que dormíssemos ao relento, e até o entardecer, não importa o que aconteça, chegaria à cabana de Santo.

Saí da floresta e parti em direção ao sul. Como fiz um desvio para evitar o pântano, se cortasse caminho indo desta planície para o oeste, chegaríamos mais a frente do afluente em que estava antes.

Desci a ladeira até a margem do rio, a mata também era esparsa, e notei que havia muitas árvores secas. Os troncos descascados tinham sua parte interior branca exposta à intempérie. Ouvi dizer que muitas espécies morriam se o nível da água subterrânea subisse. Ou seria por que queimadas pelo incêndio não conseguiriam brotar? Havia adentrado no cemitério de árvores.

Ao chutar o tronco de uma árvore caída, ouvi um som seco e formigas pretas saíram da rachadura, como se transbordassem. O miolo parecia uma esponja, por ter sido atacado por insetos. Até um instante atrás, não pensava de modo algum em descer o rio, mas se eu juntasse alguns desses troncos caídos, seríamos transportados facilmente.

Levantei um tronco que estava ao meu pé, era muito leve, e empurrei uma das árvores próximas. A raiz balançou sem resistência e caiu, quebrando-se em três partes.

Ontem, desconhecia a topografia dessa região, mas o pântano começava logo ali. Carreguei os pedaços de tronco próximo à água, amarrei-os firme com cipós, sobrepondo em duas camadas. Empurrei esse estranho objeto na água esverdeada de algas, vi que tinha força para flutuar e carregar duas pessoas. Cortei e juntei capim seco para usar como assento. Cortei também um varapau. Tudo estava preparado, no entanto a descida do rio era um tanto insegura; mesmo assim, era a partida deste dia. Finquei o varapau na água e gritei:"Agora!" O pequeno, que imaginei estar dormindo, riu alegre.

Gostaria de pensar nisso como um bom sinal para a partida. O pântano, como previ, se abria para o sul e se ligava ao rio. Ao entrar na correnteza, a jangada foi empurrada de um modo estranho, não flutuava e nem afundava.

Prestei atenção o quanto pude para não me afastar da margem, tomando cuidado com acidentes. De fato, a viagem pelo rio era veloz, além de ser fácil. Saímos da mata nativa mais rápido do que pensei e entramos em terras habitadas. Os porcos se aglomeravam, fuçando comida à margem do rio, guinchavam e se agitavam como loucos por causa do encontro inesperado com pessoas estranhas. Da casa de agricultores da colina, crianças peladas acenavam. Foi o primeiro encontro com pessoas desde que saí da fazenda. Logo chegaremos ao ponto em que este afluente se encontrará com o rio principal.

Em pouco tempo, uma imensidão de água, que podia se confundir com o mar, irrompeu diante dos meus olhos e recebeu a frágil jangada. A casa de Santo ficava mais abaixo, na margem direita, por isso queria atravessar logo para o outro lado. Mesmo sendo um afluente, o volume de água aumentou assim que se aproximou do rio principal, e a correnteza ganhou velocidade; empurrei o varapau e alcancei o meio do rio. A traseira da jangada recebia as ondas e era levantada. Por consequência, a parte da

A barca vazia

frente afundava, fazendo com que a jangada girasse e balançasse com violência. A embarcação era um misto de materiais frágeis, não sabia até quando o cipó resistiria. Mas não deixaria as coisas desta maneira, portanto mergulhei o varapau com força e tentei controlar a jangada com muito esforço, até que ela parou de girar enquanto me aproximava da outra margem.

Quando chegamos ao atracadouro de Santo montados em uma espécie de ninho flutuante, o velho se mostrou surpreso, arregalou os olhos ao ver a criança que eu carregava nas costas. Contudo, como estava sorrindo, vi que ele tinha simpatia por mim.

— Veio então? Sempre achei que voltaria de qualquer modo, mas trazendo uma criança?

Vendo que hesitava sobre a melhor maneira de explicar a situação, o velho continuou:

— E onde está a companheira?

Sem indagar o porquê da visita, fiquei feliz que tenha perguntado sobre minha vida.

— Morreu. Há três dias.

Até eu me surpreendi como as palavras saíram sem nenhuma emoção.

— É mesmo? Deve ter sua história, mas perguntarei depois.

— Tenho algo para tratar com você, mas hoje queria passar a noite aqui.

— Claro, tudo bem.

E Santo aceitou de bom grado. Ao pensar que nesta noite descansarei embaixo de um teto, tirei um peso das costas por saber que a penosa viagem terminou. Dei banho em Mauro e depois de eu dar a mamadeira, o bebê, aquecido e de barriga cheia, logo adormeceu na cama macia.

Fui até o rio para me banhar. Já anoitecia e pequenas ondas brancas vinham e quebravam na margem; a mata do outro lado do rio demarcava na escuridão seu limite com a água e no céu havia uma estrela que brilhava azulada. Mergulhei meu corpo na correnteza e a temperatura gelada da água do rio era intensa, repuxando toda a pele quente e que coçava. Finalmente, tive a sensação de ter readquirido o vigor.

Nessa noite, fui convidado para jantar com o proprietário do ancoradouro. Há um ano, recebi um favor dele, mas isso não quer dizer que me preocupei com sua boa vontade em me abrigar por uma noite. Desta vez, vim com a intenção de assumir este pesqueiro, por isso, se o dono concordar, esta casa será minha. Meu olho examinador não é por simples curiosidade, podia dizer que é uma espaçosa cabana de teto de palha. A construção não possui paredes e o quarto do dono se localiza no canto da cozinha, cercado por paredes de barro e com uma porta.

No centro da cozinha havia, ostentosa, uma mesa que o velho Santo disse ter ele mesmo cortado de uma árvore com uma serra. Não se moveria um centímetro, mesmo que um touro fosse colocado sobre ela. Ao seu lado, deixando o espaço suficiente para uma pessoa passar, havia um forno resistente construído de tijolos. Algumas panelas de ferro fundido areadas brilhavam pretas.

Na prateleira, os utensílios possuíam seus respectivos lugares, todos ordenados, e a simplicidade por não haver nada em excesso mostrava o temperamento do dono da casa.

A refeição servida consistia de arroz temperado, caldo de feijão e sopa de peixe — uma deliciosa refeição da cozinha ribeirinha. Às postas grossas de dourado acrescentou-se cebolas temperadas com sal. Ao sorver as brilhantes bolinhas amarelas de gordura flutuando no caldo quente, tive a sensação que minha vista limpava de repente.

Em um momento de descanso após a refeição, Santo ofereceu um charuto, mas recusei e ele disse:

— Você não fuma?

"Entendo", falou e assentiu com a cabeça. Riscou as pedras e passou para a isca em um chifre de boi; sorveu uma baforada

A barca vazia

e soltou uma densa fumaça. Esse fumo foi colhido de um canto da plantação dos fundos, seco e trançado como corda; o que ele não consumia, vendia. O arroz também era colhido sem conhecer épocas de má colheita, e não era necessário comprar muita coisa. A expressão de desinteresse sobre o que acontecia no mundo era visível no rosto queimado pelo sol e exposto ao vento do rio do velho pescador.

— Disse que sua mulher se chamava Eva, não é? Se quiser, conte-me a respeito.

Falei sobre meu encontro com ela, sua morte e como a enterrei, a promessa que fiz a respeito da criança e minha vontade de criá-lo.

E o velho sorriu irônico.

— Você se perdeu, e perdeu para seus conhecimentos. Assim como meu compadre Zerbano. Mesmo com todo o discernimento, ele não teve sorte com as mulheres. Eva sabia que não tinha muito tempo de vida. Como um inseto que põe os ovos e logo morre. Nessa situação, você surgiu providencialmente.

O velho Santo não era um bobo. Presumia que fosse um homem que conheceu as duas faces do mundo, mas achava que ele não descobriria sobre meu passado.

— Santo, eu não tenho educação suficiente para perder de meus conhecimentos.

Ao ouvir isso, não sei o que ele pensou, e deu uma gargalhada.

— Não precisa esconder, eu sei. Como o prefeito do porto S, um mero fabricante de tijolos, quer se mostrar imponente e, ao invés disso, decai em dignidade. Você pode tentar esconder, mas acaba se traindo; está tudo bem em querer criar o filho de outros, mas não crie tanta esperança em obter sucesso. Pode vir a sentir amargura se sonhar com essa criança crescida.

— A mãe de Eva parece ser índia, e o túmulo dos pais encontra-se no cemitério da vila Muca. Gostaria de sepultar Eva ali, o que acha?

— Nunca ouvi falar deles. Aqueles que morrem fora de casa costumam não ser boa coisa. Já têm sorte em serem enterrados. Você não deve contar para outras pessoas. Se bem que para a certidão de nascimento precisará do sobrenome da família, não é? Se não conseguir descobrir, pode tomar emprestado a barriga de alguma viúva. Antes de tudo, vá até o cemitério.

— Espere um pouco. Antes disso, quero tratar um assunto com você. Como está aquela conversa de um ano atrás? A de que você deixaria para mim esse pesqueiro.

— Você veio aqui para isso, não foi?

— Ficaria agradecido se tomasse como um sim.

— Então está tudo certo. Nunca gostei de coisas complicadas, mas vamos deixar acertada algumas coisas:

1. ensinarei todo o trabalho (pelo período de um mês, aproximadamente);

2. pagará duzentos contos para concessão;

3. não levarei nenhuma das instalações, conservando-as como estão.

— Somente isso.

Ouvi de Santo o quanto ele ganhava por ano com este pesqueiro e por isso pensei que pediria mais, mas por esse valor até que foi uma compra barata.

— Então, estamos acertados?

— Aliás, quanto à criança, há uma viúva confiável no porto S. É estéril e se disser que eu a recomendei, ela vai aceitar. Vá amanhã mesmo.

A babá que o velho recomendou foi por boa vontade, mas me senti um pouco inseguro e irresponsável com Eva.

— Santo, não posso ficar com a criança?

A barca vazia

— Entendo como se sente. Mas tente pescar um dos grandes, será um trabalho em que arriscará a vida, ou você fisga ou é fisgado. Colocaria um bebê em uma canoa nestas condições?

A expressão do velho era severa, e os olhos que me encaravam brilharam. Eles diziam: "Você não está levando seu trabalho a sério?".

Conclui que, pelo menos enquanto estiver aprendendo o serviço com ele, não poderia fazer o que bem quisesse.

— Amanhã vou até o porto S.

— Você compreende bem as coisas. É o melhor a fazer.

No dia seguinte, levando a criança, fui até a casa da mulher chamada Inês, no porto S. Esse lugar de atracadouro só tem o nome, pois consiste de uns postes fincados na correnteza, por onde quatro tábuas se estendem por cinco metros. Dos dois lados da estrada que ligava o cais até a igreja amarela no alto da colina, havia um bar, um empório, um moinho e uma farmácia — que também funcionava como cartório e correio, além de delegacia —, era uma comunidade de cerca de cinquenta casas. A casa da viúva ficava no final de uma estrada única, à esquerda.

— Obrigada por vir de tão longe por recomendação do patrão Santo.

Pelas feições de Inês, notava-se que era descendente de índios, mas aparentava ser mais velha para uma mulher com menos de quarenta anos. Não saberia estimar sua idade. Como prendia os cabelos, sua expressão era séria. A primeira impressão que tive foi a de uma pessoa confiável. Saudou-me de um modo que pareceu ter confundido as coisas. Porém, percebendo que eu estava confuso, não sabendo que dizer, ela pegou a criança no colo e esfregou a bochecha com a da criança, dizendo: "Que bebê fofo!". Tranquilizei-me.

Ao tocar no assunto sobre o valor do salário pelos cuidados com a criança, seguindo a instrução de Santo, ela disse: "O quanto o senhor quiser me dar, está bom". Com isso, passei a confiar nela.

Estava cansado pela viagem de ida e volta até o porto S. Mas como me livrei do peso que era a criança, entregando aos cuidados de outro, na verdade, senti-me mais leve e pude respirar aliviado. Nessa noite, preparando como petisco linguiça defumada com uma garrafa de pinga, conversei com o velho a respeito da minha ida ao cemitério da vila Muca.

— Está tudo bem. Vá a cavalo, ele está velho, mas uma viagem de dois a três dias não é nada. Conhece o caminho até Muca?

— Mais ou menos, basta eu subir margeando o rio da Velha. A direção fica ao norte?

— Está enganado, se seguir desse jeito, você não vai chegar nem na Vila Zangão, muito menos em Muca.

— É? Existe uma vila chamada Zangão mais adiante?

— Não existe não. Por isso não há como chegar lá. Vá com Teimoso. Ele conhece bem o caminho. Antes do anoitecer, vocês chegarão à fazenda do meu compadre Zerbano. Passe uma noite lá e no dia seguinte vá para o cemitério. Na volta, passe mais uma noite na fazenda. Você e o compadre vão se dar bem.

Na manhã em que parti para Muca, a fim de procurar o sobrenome de Eva, Santo acordou cedo e, ao assobiar, Teimoso, que vive solto, apareceu no pasto abandonado. Depois que acabou de comer os grãos de milho do cocho, o dono trouxe a sela e a colocou nas costas ossudas, que pareciam cristas de montanhas.

O velho disse que não precisava preparar nada em especial para a viagem e me entregou um cantil de alumínio e um bornal com farinha de mandioca. Todos os pertences dele cheiravam a peixe. De qualquer forma, eu também me tornarei um homem com cheiro de peixe.

Era grato pelo velho se dar ao trabalho de cuidar disso, mas não me ensinou nada sobre o caminho, dizendo apenas para eu montar calado que o cavalo me levaria à propriedade do compadre até o anoitecer.

— Teimoso, leve meu filho até o Zerbano, ouviu?

E deu palmadinhas no pescoço do cavalo, que levantou o beiço e relinchou, jogando a cabeça para o alto, como se entendesse as palavras do dono.

Deixei por conta de Teimoso. Pendurei as rédeas em cima da sela e deixei a viagem ser guiada pelas patas do animal. Enquanto balançava nas costas do cavalo, sentia certa insegurança. Em nossas vidas, somos educados para confiar em decisões de nosso próprio raciocínio. Porém, será que minha percepção é digna de confiança? Nem precisava rememorar o meu passado, era difícil afirmar que tomei as decisões corretas sempre, mas ainda não queria descartar meu ego. Aqueles da máfia, chamados de *yakuza*, ao prestarem juramento de chefão e capanga ou de irmãos, são obedientes e devotos aos seus superiores. No mundo dos caçadores ilegais e dos garimpeiros, mesmo sendo homens rudes, conseguem entender o que os companheiros pensam. Ao lembrar o estranho rosto sorridente de Santo, fechei os olhos.

Há pouco menos de um ano, houve um contratempo e pedi abrigo por uma noite; esse foi o meu encontro com Santo. O jantar servido foi de pratos que até eu, acostumado com a comida da região agreste, hesitei em provar. Foi a primeira vez que comi esse tipo de ensopado, com um forte cheiro de peixe. O dono me oferecia e ele mesmo comia bastante. O viajante pediu abrigo, e o dono ofereceu até a refeição; não podia recusar. Para segurar a ânsia de vômito, tomei o copo de pinga de uma vez só.

— Jovem, coma, isso vai revigorar suas forças.

E enquanto dizia, sorveu a sopa com barulho e não conseguindo engolir, puxou com a mão um fio comprido, depositando no prato. Era o bigode de um bagre. O caldo era uma miscelânea feita da cabeça e das vísceras do peixe. Fiz piadas típicas de conversas de bebida, e ele gargalhava. Parece que gostou de mim; chamava-me de filho e perguntou até se eu aceitaria assumir seu trabalho.

Nessa época, como sequer pensava em deixar a fazenda dos Dias, não me animei com a conversa. Santo estava bêbado, mas seus pensamentos não estavam confusos. "Sou analfabeto, mas tem algo que venho pensando há muito tempo". E pediu minha opinião e avaliação. Fez perguntas fáceis, como uma criança faria, mas também perguntas difíceis, que me deixaram perplexo. Entre elas, me perguntou qual o propósito de uma pessoa nascer, viver e morrer. Deveria ser uma pergunta sobre o que é a vida, mas isso nem mesmo eu sei. Ao retrucar, ele disse:

— Eu? Instigado por meus companheiros que me tratavam por chefe, deixei-me levar pelo sangue quente e fiz o que tinha vontade de fazer, mas não sou páreo para a idade. Além disso, os tempos mudaram. Faz dez anos desde que me retirei para essa margem do rio. Passei metade da vida como um rato do mato; tive companheiros e vivi em bando, mas nunca fui subordinado de ninguém. Acho que é isso.

— Muito bem, meu velho. Por mais que se pense com o cérebro, a vida não é algo para se entender. Sei disso por experiência. Nascer como uma pessoa neste mundo, viver livremente, envelhecer e morrer, obedecendo às leis da natureza, o que há mais para se querer?

O velho ficou muito contente, elogiando-me: "Nunca conversei com alguém que me entendesse tão bem".

Cavalgando, Teimoso se afastou do rio e aos poucos se dirigiu para o planalto. O solo mudou para um terreno arenoso, meio amarelado. Com este solo pobre, a agricultura deve ser miserável e imprópria para a criação de gado; não enxergava nenhuma casa, até onde a vista alcançava. Os galhos retorcidos das árvores baixas, de troncos esbranquiçados, tinham folhas e cobriam o chão, por isso, mesmo que ao longe parecesse um campo verde, a vegetação rasteira se limitava a espécies de musgos ou plantas com espinhos. Teimoso cavalgava no mesmo ritmo, fazendo barulho com as ferraduras.

A barca vazia

O sol subia aos poucos, e os raios solares se intensificaram. Minha testa começou a suar.

Já era próximo do meio-dia. Chegando a uma depressão, onde a correnteza era límpida, parei para descansar e dei água para o cavalo. Almocei e uma hora depois, montei de novo.

Não sei desde quando começou a nos acompanhar, um inseto parecido com uma vespa estava nos rodeando e não se afastava. Nem havia estrada, mas ela esperava por nós adiante e, ao nos aproximarmos, voava uns dez metros, parava e voava, sempre à nossa frente, como se soubesse aonde iríamos.

Transpusemos várias colinas, deixando para trás depressões secas e terrenos de árvores esparsas, até que a vespa que nos seguia desapareceu em algum momento. O sol começou a mergulhar no oeste. Escalando o topo da colina mais alta, que vi após o almoço, encontrei uma planície ampla que se estendia. Havia árvores em alguns lugares, e pântanos brilhavam opacos, mas não vi nenhum sinal de onde a fumaça subisse de habitações.

Com o passar dos anos, acostumei-me a vagar por aí, mas com a vista dessa imensidão desoladora, parei, puxando as rédeas do cavalo. A fazenda dos Dias em que tinha arrendado a terra sem dúvida era remota, porém sempre havia uns peões para vigiar o gado que se movimentava enquanto pastava.

Tive a impressão de ter me perdido no tempo antigo dos bandeirantes. No campo, o sol já se punha, mas o céu estava transparente como a água de uma fonte em um copo de cristal, mudando sua cor do azul para o violeta, conforme deslocava a vista para o oeste. Por cima das cordilheiras distantes, as nuvens que envolviam o sol poente luziam brancas, parecidas com o vidro polido da lâmpada que envolve a luz; emitia um brilho vermelho no fundo, mas não dava mostras de se mover.

O viajante que, por acaso, deparou-se com este espaço e momento, pode observar a magnífica e deslumbrante cena, mas para o gigante eterno, aqueles animais que se levantam em duas patas e que presenciaram a troca de vestes pela manhã e pelo entardecer nas quatro estações, não passariam de simples grãos de gergelim. O motivo para ir até Muca tornou-se pequeno e insignificante. Não tardaria muito para escurecer. Soltei as rédeas do cavalo. Ele atravessaria o campo adiante, pensei, e de fato, Teimoso seguiu pelo pé da colina e tomou outro caminho, até por fim entrar no milharal já colhido. Ao fim da viagem de um dia inteiro, eu cheguei a um lugar em que havia presença humana. O cavalo bufou de leve e cavalgou a passos rápidos. Era de se suspeitar que alguém vivesse ali, as paredes estavam desmoronando, os caibros do telhado caíam no chão e o teto pendia torto; Teimoso, ao entrar na casa em ruínas, como se já a conhecesse, relinchou mais alto. A porta abriu e saiu um homem com a aparência diferente de um mestiço, com compleição física forte e alta. Era um branco, raro no interior desse estado.

Terminei os cumprimentos e pedi para que me abrigasse por uma noite. Como Santo havia me recomendado, não era apenas um viajante de passagem, mas o velho Zerbano não se mostrou especialmente contente em me acolher. O velho, com uma voz suave que não combinava com sua idade, chamou:

— Marco.

Pelo modo como chamou, pensei se tratar do neto. Quem apareceu foi um mulato de uns quinze anos de idade. Era magro e esbelto. Vestia uma roupa de couro curtido como os peões, mas era um belo garoto, raro nessas terras ermas.

— Boa noite, seja bem-vindo.

Pensei ter ouvido isso, em seu sotaque carregado e voz hesitante e rouca. Zerbano ordenou que tirasse a sela e desse água e comida para o cavalo. Não sou uma visita tão ilustre a ponto de incomodar o garoto da casa. Tentei tirar o saco de cima da sela e, sem querer, encostei na mão do garoto. Surpreendi-me com mãos tão macias. Marco envergonhou-se e enrubesceu. Desde que nos

A barca vazia

encontramos, uma estranha situação logo se formou entre nós, e tive uma sensação esquisita.

— O patrão mandou, deixe que eu faça isso.

Sendo assim, não havia outro jeito a não ser deixar por conta dele.

Levaram-me para um local da casa que ainda não ruiu, uma grande sala em que havia apenas uma mesa grande e cadeiras.

— O chefe está bem?

Zerbano trata Santo como "chefe". Teria obedecido a uma tradição antiga?

— Parecia bem.

Não faz muito tempo desde que conheci Santo, contei sobre nosso encontro no ano passado e das circunstâncias de eu continuar o trabalho dele.

— É mesmo? O chefe não deixaria seu trabalho nas mãos de qualquer um. Você é nissei? Quer dizer que ele confia em você. Ouvi dizer que tem uma filha, o chefe vai morar com ela? Uma das qualidades dele, consideramos sortudos se um de nós morrer em uma cama. A maioria de nós morreu durante a viagem. Mesmo que nos enterrem nesse lugar e coloquem uma cruz de madeira, depois ficaremos apenas expostos à chuva e ao vento, esquecidos para sempre. Teve o Arlindo, envolvido em uma disparada do gado, morreu esmagado como um bolo de carne de terra e sangue; José foi chifrado por um touro, voou três metros e teve suas vísceras expostas; dois homens brigaram em um duelo por discutirem bêbados. Até caindo doente e contorcendo-se por causa da leishmaniose, não havia como tratar. Éramos um bando de ladrões que se reuniu e fez tudo o que queria, contudo todos acabaram desaparecendo.

— Santo disse que você é doutor. Há algum motivo para isso?

— Que nada, sou apenas o filho de um pequeno criador de gado. Mas não deu certo, não pude me tornar veterinário, a fazenda faliu, e cai na pobreza quase como um mendigo, fui salvo pelo chefe.

Calculava as contas dos camaradas, tratava os valentões doentes e feridos, por isso me apelidaram doutor, por desdém.

— Você é engajado em alguma ideologia?

— Não, fiquei perdido por uma cigana; para dizer em poucas palavras, por bebidas e mulheres. Mesmo com esta idade, não curei de minhas manias, não consigo abdicar da minha imaginação.

Deixando de lado o que ele chama de passado, não compreendi o que quis dizer com "esta idade". Tentei sondar o que ele pensava:

— Zerbano, ao ouvir suas teorias, não pude deixar de achar que são pessimistas. Não conseguiria buscar um significado de vida mais alto se saísse disso?

— Já que mencionou, não é apropriado dizer isto, mas o chefe é analfabeto. Entretanto, como pessoa ele é sábio, não chego nem aos seus pés, por mais que tenha lido diversos livros. Vai desistir do pesqueiro que criou com tanto trabalho e morar com a filha. Eu não conseguiria fazer isso. Como o jatobá que brotou nesta terra, eu não posso me mover para lugar algum.

Senti que havia algo por trás daquelas palavras, mas achei que um viajante não deveria perguntar.

Marco trouxe a refeição. Carne assada de carneiro e cozido de mandioca acompanhada de pinga. O garoto sabe cozinhar. Depois de tratar a visita, ele foi cuidar do patrão, mas notei algo sensual. Zerbano é forte com a bebida. Ele me ofereceu e eu aceitei duas doses, mas como não conseguia mais acompanhá-lo, recusei. A noite já avançava e pedi para me mostrar o quarto.

Como estava bêbado, adormeci assim que apaguei a lâmpada de querosene. Sempre tive o sono leve, e aquele incidente na fazenda dos Dias foi por causa da febre, não percebi o incêndio até estar cercado. Em uma situação normal, isso não ocorreria. Teria dormido uma hora, quando acordei e notei que no quarto vizinho alguém estava acordado. O velho e o garoto dormiam no mesmo quarto? Ouvi respirações ofegantes. No interior do quarto

A barca vazia

envolto em escuridão, minha imaginação crescia, mas como estava cansado, acabei adormecendo.

No dia seguinte, saí da fazenda de Zerbano em direção a Muca. Cheguei mais rápido na vila do que esperava. Uma comunidade composta por menos de vinte casas ao pé do morro, havia uma capela de taipa branca e nos dois lados da estrada enfileiravam-se casas baixas. Era uma terra deserta sem árvores na vizinhança, e senti um odor característico penetrar em minhas narinas assim que entrei na vila. Como tinha ouvido falar, parei o cavalo na frente do bar que também era um empório.

Dizem que o dono é também o escrivão e o inspetor. Já que era impossível haver água fresca, pedi por pinga. Era apenas uma saudação, portanto não precisava beber. O dono me encarava como se fosse alguém suspeito, pois eu era um rosto desconhecido na região.

— Vim para verificar um assunto sobre o cemitério. Você tem o livro de registros?

— De que vai adiantar espiar essa coisa; mortos não voltam à vida.

Se eu recuar diante deste velho, não vou conseguir informação alguma. Disse que não tinha nenhum detalhe em especial, mas uma mulher com uma criança ficou doente e morreu. Ouvi dizer que os pais foram enterrados no cemitério desta vila, deveria fazer sete a oito anos, e ajudaria se soubesse pelo menos os nomes deles. Dei uma nota de dinheiro.

O dono sumiu para os fundos, levantando-se preguiçosamente, e ao trazer o livro de registros, afastou a poeira da capa, folheando as páginas. O velho os conhecia, pois a mulher era índia e o pai, *nikkei*.

No registro de sepultamentos constava o nome dos dois. A mulher chamava-se Teresa Juribá dos Matos. O homem, Iyosuke Iyakava. O correto seria Yamakawa Yosuke. Apesar do curto relacionamento com Eva, eu poderia chamar os dois de meus sogros.

Como também havia o registro de nascimentos, pedi ao dono do bar que o verificasse, mas a certidão de Eva não foi encontrada. Teria sido registrada em outro lugar? Era possível que ela não tivesse nenhum documento de identidade desde o início, já que ela não carregava nenhum.

Sem perceber, estava cercado por homens barbudos e mal-encarados. Um deles se ofereceu para me levar até o cemitério. Puxei as rédeas de Teimoso e fiz o homem me guiar até lá. Durante o percurso, o homem disse que era o coveiro. Por isso todos se calaram, mesmo sabendo que ganhariam uma gorjeta.

O cemitério localizava-se em um morro de areia amarela, não era cercado e não havia construções de espécie alguma. Era apenas um local deserto no qual montículos de terra com cruzes, feitas de tábuas, estavam fincadas. Pelo número de placa, fiz uma reverência no túmulo da mãe de Eva e, em seguida, ao chegar ao túmulo de Yosuke, o guia gritou:

— Ei viajante, você é parente dele?

Mostrava-se muito irritado. Não consegui entender por que, de repente, o coveiro agiu dessa maneira.

— Aconteceu alguma coisa?

— Aquele maldito sem nariz, faz uns vinte dias que morreu bem aqui. Além disso, estava sem um tostão, me fez trabalhar de graça.

— Você também? Eu enterrei a mãe que carregava uma criança. Só disse: "Muca". Por isso vim até aqui; não sei de nada.

— Então o patrão faz parte do time dos prejudicados?

Pelo jeito que este homem falou, parece que o irmão de Eva se suicidou na frente do túmulo do pai. No caminho de volta, dei dinheiro a mais por ter me guiado. O homem mudou seu humor e disse:

— Pensando bem, patrão, aquele homem era um pobre coitado...

Quando voltamos para o empório, os moradores alvoroçavam na frente da loja. Só porque um forasteiro veio tratar de um assunto sobre o cemitério, os pacatos moradores dessa vila transformaram minha visita em um acontecimento. Quando parti, agradeci o dono da loja e, aos espectadores, deixei uma quantia em dinheiro para que bebessem em honra dos mortos.

A viagem de três dias se passou sem problemas. Transmiti o recado de Zerbano para Santo.

— Não percebeu nada de diferente naquela casa?

— Não, nada em especial.

— Você viu uma mulher, não? Apesar de ainda ser uma garota.

— Garota? Tinha um garoto.

— Ele faz parecer um, cortando os cabelos.

— É? Pensei que fosse um diarista. Era uma mulher?

— O doutor foi criado com conforto, teve educação, não é ganancioso e é uma pessoa sincera, mas por outro lado, seu apego por "aquilo" é muito forte; ele não consegue se livrar "daquilo". Foi bom ter tomado conta da viúva do amigo, mas se engraçar com a filha... é um pecado se envolver com mãe e filha.

Na mesa do jantar, a atitude sensual que reparei naquele garoto não foi de todo uma impressão falsa.

— Filho, sua expressão diz que é odiado por uma mulher. Elas são terríveis, tome cuidado.

Despreocupado, Santo gargalhou.

Morando próximo ao rio

Desde o início, não tinha muitas expectativas com minha ida a Muca. Foi em parte para me satisfazer, mas o resultado foi o previsto. Soube os nomes dos pais de Eva, porém o mais importante, as pistas para o registro de nascimento dela, não estavam lá. Foi inesperado saber da morte do irmão, pensei que vagasse próximo da cidade P. Como um morto sem família, foi enterrado em um canto do cemitério. Com isso, restou apenas Mauro na linhagem da família Yamakawa. Não se sabe com detalhes o que aconteceu para o pai de Eva afastar-se da colônia japonesa, mas com o passar dos anos, essas famílias que se misturaram com os nativos acabariam desaparecendo.

Solitário, andarilho, de vida largada e livre dos olhos alheios, um passo em falso pode significar seus ossos expostos no campo sem ninguém saber. Eva, que adoeceu e morreu durante a viagem, foi enterrada à beira do rio e, mesmo que um pedaço de pau fincado marcasse o local, isso só viveria em minha memória.

Santo disse para deixá-lo cuidar desse assunto, mas subentendia-se também: "Esqueça-a". No passado, quantos companheiros ele deve ter enterrado à beira da estrada, nas matas ou em terras áridas? Foi natural para ele que a morte de uma jovem não fosse exceção.

Desconheço o que Yosuke (pai de Eva) tinha em mente, mas se apressou demais e entrou em terras inexploradas. Em outras palavras, tinha a intenção de fazer especulação, mas para trabalhar, além de um capital à altura do empreendimento, era preciso também coragem. Ele foi usado pelos especuladores.

Pelo que restou do armazém e da caldeira enferrujada, a impressão que tive ao visitar pela primeira vez a propriedade dos Yamakawa foi a de que fabricavam cachaça ilegal.

Quem era o financiador? Pelo que Eva contou, era certo que Mansaku estava envolvido. Soube, com a ida à vila, que por algum motivo Mansaku se afastou, e o pai de Eva não podia ir muito longe, pois era casado com uma índia; enquanto era obrigado a se sustentar por conta própria, Yosuke perdeu a esposa e ele próprio faleceu sete anos depois.

Como investidor, Mansaku visitava com frequência a casa dos Yamakawa e, quando Eva se tornou órfã, ele a tomou para si.

Seja quem for o pai biológico, Eva morreu e deixou Mauro aos meus cuidados. Desconheço a parte obscura da família Yamakawa, mas quem conhece o passado de Yosuke e sua família deve ser Mansaku. Dizem que está desaparecido. Foi conveniente, pois queria evitar contato com aquele velhaco.

Regressei de Muca e conversei com Santo sobre o registro de Mauro.

— Até que existem muitas pessoas sem registro. Mas mesmo sendo um filho natural de Eva, se pensa em colocá-lo no mundo, precisa registrá-lo. De qualquer forma, será necessário o documento de identidade da mãe. Já que está morta, é apenas um pedaço de papel. Que tal considerá-lo um bebê abandonado?

— Abandonado?

— Bem, pode-se dizer que a mulher deixou o bebê aos seus cuidados e não voltou mais. E que fará dele seu filho adotivo.

— E isso vai dar certo?

— Se vão acreditar? Qual a diferença com o que está fazendo agora? Com uma testemunha, acreditariam que até mesmo um tatu subiu em uma árvore para tirar uma soneca!

Santo soltou uma gargalhada sonora.

— Dessa maneira, o nome dela será colocado no registro?

— Claro que sim. Ela foi uma boa mãe, quem vai reclamar disso?

— Peço que faça isso por mim, Santo.

— Pode deixar, eu dou um jeito.

Era difícil para eu pedir favores, até hoje. Contudo, nunca dependi tanto de Santo como nesta ocasião e nunca o considerei uma figura tão respeitável. Isso porque a vida está intensamente presente nele. Inferi, tomando os pensamentos do velho como a verdade, o bem, a salvação da vida, a rejeição do mal pela força vital, até mesmo os recompensados pela beleza da sensibilidade dos seres vivos por teoria.

Ao voltar da viagem de três dias, Santo avisou que a partir do dia seguinte começaria o trabalho. No primeiro dia, aprendi a remar a canoa. Como já subi e desci a correnteza desse rio inúmeras vezes, subestimei que sabia controlar uma mera canoa. Entretanto, Santo ensinou que o modo como me sentava estava errado, e fui obrigado a concordar, pois do jeito como remava, a embarcação balançava muito para os lados. O velho tomou meu lugar, e sem balançar o corpo, com apenas um remo, ele controlou com habilidade a embarcação. Vi que a proa da canoa cortava a água com velocidade. Neste dia, apenas subimos e descemos o rio, até o entardecer.

— Vamos pescar um pouco hoje?

Santo preparou os acessórios de pesca e subiu na canoa. Como remador, fui para o meio do rio, o velho colocou a isca no anzol e jogou na correnteza.

Era um dia quente e não ventava. A correnteza estava um pouco pesada; remei a canoa em direção oposta às ondas. Santo sinalizou com o olhar: "Veio!" e levantou a vara. No local em que o anzol afundou no rio, uma correnteza cor de caramelo subiu energicamente, respingos de areia prateada voaram e uma coisa grande saltou. Refletiu a luz solar, com brilho dourado, mas logo afundou. A vara que Santo usava era de bambu, grossa com a ponta cortada e não dobrava com o puxão do peixe. Eu sabia que era preciso um bom molinete, mas não vi entre as ferramentas dele algo parecido. Mesmo assim, a linha de pesca passava pelo aro na

A barca vazia

105

ponta da vara e na ponta amarrada e no final desta, comprovando a força de vontade do pescador, que não permitia de modo algum a presa escapar.

Assim que o peixe mordeu a isca, Santo firmou os pés apoiados nos cantos da canoa, opondo-se ao impulso da presa que tentava fugir, e deslocou o peso do corpo para o lado esquerdo, posicionando-se e equilibrando a força. Apoiou a vara na coxa e, segurando com a mão direita, enquanto respondia aos ímpetos do oponente, puxava o fio com a mão esquerda e aos poucos aproximava o peixe para perto de si.

Era como se conseguisse ver o peixe se debater dentro da água. Não se sabe se o peixe saltou ou se Santo levantou a vara, o enorme peixe pulou da água e caiu pesadamente dentro da canoa. Debatendo-se, suas escamas douradas brilhavam. Era um dourado.

— Tente você agora.

Santo entregou a vara para mim. Coloquei a isca no anzol conforme o vi fazer e, ao colocar a linha no rio, logo senti uma resistência. Avisei o velho que fisguei um, ele deu o sinal para que puxasse, e puxei a linha sem tempo de pensar. O mestre dava dicas ocasionais, muitas vezes soltei a linha, mas aos poucos puxei o peixe para perto, e na minha frente uma coisa enorme pulou.

Sem pensar, gritei. Será por isso que os pescadores ficam viciados? Chegou o momento de puxar o peixe para o barco, e Santo, com a intenção de me ajudar, entregou-me uma rede.

Depois disso, ralhou comigo em voz baixa:

— Filho, mesmo que fisgue um peixe enorme, não deve gritar. Se fosse um amador, não teria importância, mas para nós é natural pegar um desses. Não pescamos para nos exibir ou tirar fotos. Você pagou caro para mim pelo uso dessa terra, ou seja, para ganhar dinheiro. A profissão de pescador não é uma coisa divertida.

Santo me passou um sermão, mas minha presa foi um pouco maior do que a dele; parecia dizer: "Até que você não é ruim". Com uma ponta de inveja, pensei comigo mesmo, mas fingi não perceber e escutei com humildade.

Os acessórios de pesca dele eram poucos. Apesar de haver linhas sintéticas resistentes, ele usava as feitas de linho trançado, tanto finas como grossas, e as guardava enroladas na caixa de ferramentas na proa da canoa. Mesmo que fossem bem cuidadas, passando-se cera de abelha, eram linhas velhas e gastas, e havia vários remendos. Apesar de serem úteis para puxar o fio, os nós deviam ser marcas do fio quebrado quando tentou pegar um peixe grande.

Nesse dia, ele disse que me levaria para onde há pintados. Senti certo nervosismo. O velho contou que tinha um pressentimento, e, na maioria das vezes, essa percepção estava correta e era bastante importante. Eu não tinha essa intuição. Presumi que fosse algo desenvolvido durante a longa experiência de Santo. Além disso, o local era secreto e jamais poderia ser mostrado para outros, conforme ele avisou várias vezes. Falou que aquele lugar reúne naturalmente os peixes, mas também os criava, dando ração.

Santo disse que era um dia ideal para pescar. Nos últimos dias, estava muito quente. De costas para a sombra da mata da margem oposta, as flores amarelo vivo do ipê desabrochavam, antecipando-se ao brotar das folhas.

Para o café da manhã, enchemos o estômago com fubá torrado e apanhamos a canoa mais pesada das duas que havia. Tinha um fundo largo e boa estabilidade, mas navegava devagar; para ir contra a correnteza, nós dois precisamos remar. Começamos a transpirar quando a embarcação alcançou a confluência entre o rio principal e um afluente. Foi o mesmo local que evitei atravessar quando desci o rio de jangada, temendo as ondas altas. Apenas Santo sabia aonde iríamos, por isso me mantive calado e continuei a remar. Finalmente, o balanço da canoa diminuiu e o velho fez um sinal para que eu parasse, controlando a canoa apenas com seu remo. A mata, sempre ao lado esquerdo, de repente estava à nossa frente, e a paisagem foi girando para a direita. A embarcação começou a navegar mais rápido na correnteza. Desde que entramos na canoa, o velho não dirigiu uma só palavra pra mim; as instruções eram dadas apenas por gestos de mão. Sentindo a compenetração de Santo, apenas obedeci às suas ordens, sem falar nada além do necessário.

A canoa descia o rio principal com velocidade e se preparava para chegar à confluência. As duas correntezas se chocavam violentamente, e ao entrar no redemoinho que subia, as ondas batiam na proa, espalhando respingos e nos molhando. A embarcação subiu em uma onda alta, avançando em direção a um barranco de terra vermelha. A cada instante, o barranco se aproximava ameaçador, mas não sentia medo porque acreditava que era tudo planejado pelo velho. Como havia pensado, ele ficou ereto na proa e, inclinando o corpo, esticou o remo para frente, empurrando a parede alta da margem. A canoa passou quase raspando, levada pela correnteza do redemoinho, entrou em um aglomerado de árvores do outro lado da margem. Era uma espécie de piscina natural e estava ligada a um pântano, formando uma enseada. Santo sorriu pela primeira vez e disse:

— Viu, aqui é o lugar! Muitos procuram este local quando ouvem sobre minha pesca, mas não conseguem entrar aqui.

Falou também que ali jamais tinha sido ruim para a pesca e que encontrou a enseada por acaso. Contou que, no início, derrubou inúmeras vezes a canoa, arriscando a vida.

Era inacreditável que uma enseada silenciosa como esta adormecia aqui, depois de superar aquela violenta correnteza. Por causa das águas calmas, muitas plantas aquáticas cresciam. O velho prendeu a canoa na árvore do barranco e logo tratou dos preparativos do trabalho.

Tirou da caixa de ferramentas um anzol, cor de aço desbotado de uns quinze milímetros, prendeu uma isca maior do que a palma da mão, levou o laço de linha de pesca para a margem e subiu na canoa. Em seguida, amarrou a ponta da linha na raiz de uma árvore. Santo observou por algum tempo a superfície da água, girou a chumbada, pegou impulso e jogou adiante. A linha cortou o ar e caiu longe, fazendo barulho e espalhando ondas. Apesar de chamar de linha de pesca, parecia uma corda fina. O velho a segurava e esperava pelo momento certo para puxar. Enquanto isso, nada aconteceu por alguns minutos, quando a linha se esticou, respingando água. Santo apoiou o pé na terra coberta de musgos, puxava a linha com esforço e logo a soltava; ela a esticava com rapidez, repuxando até a árvore se curvar.

Até agora, era raro meu mestre me explicar ou me ensinar alguma coisa. Talvez quisesse dizer para eu observar bem e aprender, ou talvez as técnicas experimentadas e aprendidas ao longo dos anos não fossem de uma natureza didática. Ora puxava a linha, ora afrouxava, apesar de parecer um desperdício. Contudo, durante esse tempo, a presa era puxada para mais perto.

Não tinha os movimentos visíveis do dourado que pescamos no rio principal, mas no fundo da piscina, o peixe resistia muito. Conseguia presumir pela postura de Santo. Desta vez, eu também estava tenso, observando cada movimento do velho e, então, prestei atenção aos dedos que seguravam a linha. Já fazia quinze dias que morava sob o mesmo teto, e só agora notei que os dedos que via eram próprios de um pescador. Seguravam a linha, com dedos parecidos com as presas dos caranguejos; com a mão direita puxava, com a esquerda jogava para trás. A linha trazia também algumas plantas aquáticas e aos poucos se aproximava.

Ainda não conseguia ver a presa dentro do rio, mas pelas bolhas e água barrenta que levantava, sentia que o peixe já estava próximo da margem. No instante em que vi o nó entre a linha e o fio de aço sair da água, o velho envergou o corpo para trás e deu um puxão. Foi instantâneo. Quando a superfície da água se levantou, o monstro emergiu. Era um pintado de um metro e meio; na pele

A barca vazia

cinza e escorregadia, espalhavam-se inúmeras pintas escuras. A barriga branca destacava ainda mais as pintas. A cabeça era achatada, como se tivessem dado pancadas, e na cara projetada tinha dois olhos pequenos, dois orifícios nasais, bigodes longos e uma boca grande que se abria de lado a lado, sem dentes; era uma cara engraçada. Dizem que sua carne incomparável é deliciosa mesmo depois de salgada. Batia a cauda no chão e sacudia os bigodes, mas exausto, parou de se mexer.

— Agora pesque um. Vou mais para o fundo, trabalhar um pouco.

E assim que disse, jogou para mim a isca. O velho nunca explicava como se devia fazer. No entanto, toda vez que fazia algo errado, ele ria contente. Ofendido com isso, aprendi a observar bem o que ele fazia e tentava memorizar.

Conhecendo meu temperamento, não servia para trabalhos que dependiam do entusiasmo de um dia de sorte. Gosto da profissão de agricultor, que é recompensado pelo fruto do trabalho de um ano. Desta vez, se possível, pensava em criar porcos no terreno dos fundos da cabana. Navegar um rio de redemoinhos e atravessá-lo cercado por um barranco perigoso era um trabalho que queria evitar. Porém, calculando o pagamento de Santo e os gastos com Mauro, não poderia fazer o que bem entendesse. Além disso, um homem com um filho pequeno não tem para onde ir e, já que pedi um favor, não podia dizer o que queria ou não fazer.

O modo negligente de Santo seria uma ordem sua para que eu me tornasse logo um pescador profissional. No passado, não houve ninguém que me dissesse "faça isto ou aquilo". Dependendo da situação, dar orientação pode ser de grande ajuda.

Imitei o método de Santo, colocando a isca no anzol, impulsionei a chumbada e joguei. Os respingos levantaram bem longe. A linha voou e flutuou por algum tempo por causa das plantas aquáticas, mas à medida que o peso afundava, sentia uma delicada sensação transmitida pela linha.

Como Santo, puxei um pouco, mas não sentia resistência. Distraído, quase me esqueci de amarrar a linha na árvore. Esperei pelo fisgão, mas não houve qualquer reação. Passaram cinco minutos ou talvez mais, e ao puxar a linha aos poucos, senti uma resistência, como se algo estivesse preso.

Puxava, e ele se aproximava, mas era preciso muita força. Era diferente da vez de Santo. Tinha muito mais resistência e, no entanto, quando eu puxava, a linha voltava. Em certo ponto, não conseguia mais arrastar. Mesmo que soltasse a linha e voltasse um pouco, a presa não tentava fugir. Foi então que pensei se tratar de um emaranhado de plantas aquáticas ou de um galho de árvore, ao invés de um peixe. De qualquer modo, tinha que tirar da água. Mudei de lugar e tentei de lado. Com muito esforço, puxei até que meus pés afundassem nos musgos. Por fim, o que saiu da água foi um grosso galho de árvore e, ainda por cima, muitas plantas enroscadas. Estava exausto e sentei perto da margem, estupefato.

Não sei quanto tempo teria passado, uma garça voou do pântano e pousou próximo à água da margem oposta. Em meio ao silêncio, ouvi o som baixo de alguém remando. Sem descansar, a garça voou novamente. Bateu as asas devagar e, assim como uma gaze branca que é levada pelo vento, desapareceu entre as copas das árvores.

Santo veio deslizando de canoa.

— Conseguiu fisgar?

Ele perguntou, mas astuto, já sabia qual era a minha presa. Com uma expressão azeda, não respondi nada, e ele, de bom humor, riu.

— De vez em quando é bom limpar a enseada.

Tinha razão de o velho estar de bom humor, pois pescou dois peixes maiores do que o de antes.

— Meu filho, jogue a isca de novo.

— Parei por hoje.

— Por quê?

— Porque estou sem sorte.

A barca vazia

— Entendeu então o que é o espírito de um pescador?

Não precisava de nenhuma manobra para descer o rio. Apenas saímos do pântano, subimos na correnteza e logo estávamos no rio principal. Apesar de a canoa afundar bastante, chegamos rápido à casa de Santo.

Era a primeira vez que fazia o trabalho na área de serviço nos fundos da casa.

Havia uma mesa de trabalho reforçada, feita de uma tábua grossa, uma viga sustentada por grossas colunas de madeira, na qual panelas grandes e pequenas eram suspensas por vários ganchos de ferro. Comparado com a organização da casa, essa área de serviço estava um tanto desleixada. Depois de jogar os três peixes em cima do balcão, o velho cortou as cabeças com uma machadinha. Mesmo que não houvesse sangue suficiente para jorrar, um líquido grosso manchava a tábua. Com movimentos precisos, Santo abria da barriga até a cauda com uma faca grande, e o fígado marrom enroscado por vísceras azuis caía na panela. Em seguida, virava o peixe e, ao puxar de leve com a lâmina o couro viscoso, ele se soltava, e a carne branca aparecia. Com o hábil manuseio do velho, a presa foi dividida em duas partes em cima da tábua. E ao dividi-las em várias partes, jogava sal grosso com as mãos e, depois rolava a carne no sal, salpicando o outro lado. Terminou o serviço e empilhou os pedaços com cuidado dentro de um grande barril.

— Filho, faça o resto. Faça como fiz e não corte o dedo.

Santo estava de bom humor, tomava cuidado até com os mínimos detalhes.

Contudo, meus pensamentos estavam confusos. Sabia desde o início que pescaríamos para vender, mas não pensei no processo de corte e secagem dos peixes. Não adiantava agora recusar um serviço porque envolvia sangue fresco. Dependo de Santo e de seus favores, ele nos acolheu quando não tínhamos outro lugar para ir. Não tinha motivos para recusar algo que meu benfeitor me oferecesse.

Assim como o velho, coloquei todas as postas de peixe no barril e o peso por cima. Deixando uma noite e tirando o caldo formado no dia seguinte, pendurando no arame para secar, em um dia, a posta seca salgada estava pronta.

No dia em que não saíamos para pescar, ficava de folga. Como precisava conhecer os limites da propriedade, levei uma arma e entrei pelos fundos da plantação. Não era da natureza de Santo segurar o cabo de uma enxada, a parte que ele cultivava era mínima, e o resto da propriedade era sem cuidado. Moitas altas de mato cresciam vigorosamente. Os três lados cercados pela mata nativa de árvores altas davam a impressão de que essa extensa área aberta se parecia com o fundo de um poço. Fui pisando nas raízes das plantas para abrir caminho e adentrei ainda mais; sons que não sabia se eram de pássaros ou de outros animais ecoavam da mata. Não era um lugar totalmente isolado do mundo humano, mas as entranhas do mato eram misteriosas e, por alguma razão, senti medo.

Diante do emaranhado do mato, percebi a presença de algo que se aproximava. Poderia não ser um animal selvagem perigoso para as pessoas, mas usei um galho cortado como escudo e por cima apoiei a arma, esperando com o dedo no gatilho. Era uma arma de disparo sucessivo, mas se ele não vier nesta direção, não pretendo atirar. Mesmo que me ataque, precisarei derrubá-lo com um tiro certeiro, atraindo-o o máximo que puder. Após esse momento de tensão, quem saiu abruptamente da moita alta e desgrenhada foi Teimoso. O cavalo, sem suspeitar do que passei, aproximou-se bufando com o nariz.

Neste dia, dei voltas pela lavoura e, se nos dias de folga da pesca cultivasse alguma coisa, poderia aumentar os negócios em porto S. Mauro também estaria lá. Queria instalar um motor na canoa, além de outras coisas de que necessitava. O prazo acertado

A barca vazia

com Santo estava próximo do fim. Aprendi o trabalho em geral e, durante esse tempo, notei que os pescadores vendiam os peixes por um preço baixo para os comerciantes. Por outro lado, os produtos comprados deles eram caros. Ou seja, esse pessoal que sobe e desce o rio lucra vendendo e comprando.

Quando disse o que pensava para Santo, ele respondeu:

— Tente fazer isso, vai ajudar as pessoas.

O velho concordou, mas deve ser a natureza dele, não é muito bom para tratar de coisas concretas. Fiquei me perguntando e conclui que também não tinha essa facilidade.

De qualquer maneira, teria que ir à cidade P para pegar o dinheiro de Santo. Depois que o velho fosse para a casa da filha, não poderia viajar por um bom tempo. Para aproveitar a viagem, pedi cinco dias de folga e pensei em visitar Kobayashi e o túmulo dos meus pais.

— Claro, vá. Cuidarei da casa enquanto isso.

Devia ser a estranha natureza humana, ele não parecia carregar suspeitas sobre mim tanto quanto dizia.

— Santo, se quiser alguma coisa, posso comprar.

Só podia dizer isso. Durante sua longa vida, sem dúvida deve ter se encontrado com muitos homens de expectativa e confiáveis, mas, por outro lado, deve ter se deparado com homens que o desapontaram. Por isso, os traidores bajulam e uma conversa de viagem pode até se tornar motivo para causar suspeita.

— Pois é, trouxeram de barco um rádio de pilha recentemente, lembra? O preço era de fazer saltar os olhos, mas na cidade grande não deve custar tudo isso. Compre um desses para mim.

— Aquilo é um transistor. É mais barata a eletricidade.

— Na casa do meu genro não tem energia elétrica. Ele até parece gostar de novidades, mas se não levar pelo menos um modelo novo de rádio, vai caçoar de mim.

Comecei a rir do ânimo do velho e, não sei o que pensou, mas ele continuou a rir muito.

No dia seguinte, peguei carona no barco a motor que recolhe as mercadorias e desci no porto S. Encontrei com Mauro depois de um mês. A criança estava bem, e me tranquilizei ao ver que Inês continuava como sempre. Sabendo que ela tinha visita, um homem, chamado João, entrou. Era o irmão mais novo dela, que não tinha emprego fixo, e ouvi dizer que morava nos fundos do mesmo lote. Trabalhava como diarista aqui e ali. Como não havia uma embarcação que partisse de porto S, à tarde, já era hora de voltar à hospedaria. Entendia por que a dona me retinha por educação, mas não aguentei João se intrometendo na conversa.

Achei-o um homem desagradável. No momento ainda não teria problema, mas quando Mauro estiver em uma idade que entenda as coisas, poderá ser influenciado pelas crianças de João, por isso algo precisava ser feito. Pensava assim no caminho de volta para a hospedaria. Seria bom se Inês viesse para o pesqueiro, mas isso seria até a idade escolar de Mauro, portanto previa uma situação complicada mais para frente.

No dia seguinte, tomei o barco para a cidade P, e cheguei um pouco depois do almoço. A cidade se localizava na metade do curso do rio, além de ser o ponto final da estrada de ferro que se estendia do sul. Telefonei para Kobayashi da telefônica. Ao avisar que chegaria depois das nove horas da noite, ele se alegrou a ponto de confundir as palavras. Não nos encontramos há três anos, por isso também fiquei com as palavras presas na garganta e desliguei o telefone.

Mesmo que tenha tomado devagar um café da manhã tardio, os negócios importantes ficariam para a volta, portanto tinha tempo de sobra até a partida do trem às seis da tarde. Andei pelo centro da cidade em direção ao rio e fui parar em sua travessia. Do outro lado da margem, no rio de oitocentos metros de largura, uma balsa havia acabado de atracar, e se avistava dois caminhões de carga, alguns automóveis e cerca de dez pessoas. Da balsa, três tripulantes pularam rápido para a margem, depois de descer a ponte de madeira, e jogaram um laço de corda grossa no poste. Então, da proa foi estendida uma tábua, que se transformou em uma ponte para a terra. O sino da cabine do capitão soou, e pessoas e carros começaram a se movimentar ao mesmo tempo. Mesmo nesse porto do interior, afastado do mar por centenas de quilômetros, podia-se notar pela bandeira nacional hasteada no telhado da sala de comando, que as leis marítimas eram obedecidas.

Um pouco mais abaixo do rio, havia a loja de Mansaku; passei por lá, mas as portas continuavam fechadas. Estava curioso, mas não a ponto de perguntar na loja vizinha, então retornei.

Apesar de ter se transformado em uma cidade, para aqueles que estavam de passagem durante uma viagem não havia como passar o tempo. Na avenida deserta, havia um empório e armarinho, uma cafeteria que era também uma padaria, uma sapataria, uma loja de roupas e uma loja de tecidos com uma placa amarela. Ao entrar na livraria, que também era uma papelaria, um empregado desocupado veio até mim. Perguntei se havia algum manual para pescadores, mas ele respondeu que nunca tinha visto um livro desses; em troca, indicou-me onde ficava a loja de acessórios para pesca.

Meus pés seguiram essa direção, mas as compras ficariam para a volta, por isso dobrei a rua e fui para a estação. Seu interior era muito amplo, com bastantes armazéns em ruínas e vários trilhos de ferro, mas o matagal escondia os dormentes dos trilhos. Estava tomada pelo abandono, indicando que o empreendimento havia fracassado. Nos fundos, havia um pátio, e uma grande pilha de madeira bruta estava abandonada e apodrecendo.

Havia cães vadios em vários pontos da estação. Parece que virou moradia de cães abandonados e que se reproduziram soltos. Recuei ao ver suas expressões ameaçadoras da sombra das madeiras, seus olhos brilhando azuis. Saí da estação e, quando fui para uma esquina, vi uma mendiga que estava embaixo da proteção do telhado do armazém. Sem dar atenção, ia passando por ela quando me chamou:

— Ei, moço!

Ao olhar com cuidado, uma mulher, ainda nova, estava sentada. Mesmo que escondesse com a barra da saia, notava-se que estava com os joelhos dobrados. Percebi que se tratava de uma cigana. A renda branca da gola estava encardida, e a roupa em tons avermelhados desbotados tornou-se marrom. Do saco jogado perto dela, podia-se ver a cabeça de um recém-nascido. Tinha a intenção de ignorá-la, mas a criança me chamou a atenção.

— Ah, não é um moço, é um patrão decaído.

Fiquei surpreso com o final da frase. E ela ainda ofereceu:

— Patrão, deixe-me ler sua sorte.

Nem mesmo no passado tive qualquer relação com esse tipo de pessoa. Mas nesse momento, não sei por que, algo me deixou comovido.

Havia tempo de sobra para me entediar até a partida do trem. Pensei em deixá-la ler meu futuro, mas logo reconsiderei, achando que fosse uma besteira. Parece que esse tipo de mulher possui alguma sensibilidade mística. Dizem coisas que servem para a maioria das pessoas, para evitar isso ou tomar cuidado com aquilo, mas nada dizem sobre o modo como as pessoas deveriam viver. Como eu detive os passos, a mulher pensou que conseguiu um cliente e ajeitou a posição em que se sentava.

— Não tenho tempo agora, mas posso ajudar um pouco. Quer?

— Se disser que me dará algum dinheiro, aceito sim. Vai me ajudar muito.

A mulher pareceu sorrir, mas a expressão logo sumiu. Tirei do bolso uma nota e entreguei para a adivinha.

— Patrão, quando voltar, venha aqui. Já está pago.

Por que dei para essa mendiga uma quantia que pagaria dez dias em uma hospedaria? Por que seus traços cansados se pareciam

A barca vazia

com Eva ou por que, mesmo arruinado, fiquei contente que ela tenha me chamado de patrão? Envergonhado, dirigi-me rápido para a estação.

Faltava uma hora para a partida do trem, mas quando sentei no banco de madeira da sala de espera, as pessoas já entravam aos poucos. A maioria parecia ser agricultores, mas o casal de idosos que sentou ao meu lado disse que veio trazer para a filha, moradora desta cidade, ovos e queijo. "Você é japonês? Desta vez a situação está difícil, mas não se preocupe, logo tudo vai voltar ao normal. É claro que a guerra é ruim. Um país acumula muita energia e quer se tornar o protagonista da história, é mais fácil ser um coadjuvante". O velho de ascendência italiana gostava de conversar e não era nada mau como passatempo.

Estremecendo o prédio da estação, os vagões chegaram. Acionaram o breque, rangendo o ferro, e ouviu-se o som do roçar das correntes; a pequena locomotiva de reboque saiu ao terminar sua função. Sem eu perceber, a bilheteria estava funcionando. Comprei a passagem de ida e volta da classe comum. Eram poucos passageiros e sobraram assentos suficientes para deitar ocupando dois lugares. O relógio barato que comprei na cidade P marcava as horas com precisão, mas parecia que o trem não partiria logo; estava cansado da viagem e, quando quase adormecia, senti um impacto pesado. As construções e os pilares, aos poucos, passaram a se movimentar pela janela.

Depois de atravessar várias trocas de trilhos, o trem saiu das instalações e começou a acelerar. Os vagões eram velhos e, ainda por cima, não eram feitas manutenções, por isso balançavam muito e pulavam também. As placas de ferro postas em cima da ligação dos vagões agitavam-se. O casal idoso que conheci na estação veio em minha direção e disse: "Desceremos na próxima estação, somos os Falsoni do bairro X. Venha nos visitar". Foi o que consegui ouvir com dificuldade em meio ao barulho.

O trem começou a diminuir a velocidade, e o velho, segurando minha mão, enfatizou: "Venha nos visitar mesmo". E o casal desceu. Na plataforma sem cobertura, um homem, talvez seu filho, esperava-os em uma carroça de duas rodas. Apenas conhecidos de viagem, não tinha como saber sobre suas vidas, mas, se os meus pais ainda estivessem vivos, eles teriam a mesma idade desse casal; ao me lembrar disso, não conseguia esquecê-los.

Desde que me despedi dos velhos imigrantes italianos, o sol se declinava no horizonte dos campos. Passamos por muitas cidades e algumas estações vazias e, assim que o trem alcançou a periferia da cidade A, vi pela quantidade e extensão das luzes que era a maior cidade dentre as quais passamos. Os passageiros começaram a se agitar, pois nessa estação fariam baldeação.

Ao sair da estação, fui abordado por um taxista, mas não era uma distância que precisasse percorrer de carro, sabia que o centro da cidade estava a um quarteirão dali. Kobayashi avisou por carta que mantinha uma cafeteria ao lado do posto de gasolina. Achei logo o local. A lâmpada fluorescente da casa Ouro Verde brilhava azul e sensibilizava meus olhos, acostumados à vida no campo agreste. Já passava da hora de maior movimento e a loja estava deserta, mas o estabelecimento era de qualidade e parecia que a clientela não era ruim.

Tive o cuidado em cortar os cabelos em porto S, entretanto mantive o cavanhaque, pois meu rosto estava magro e também planejava surpreender Kobayashi. Contudo, o rosto que se refletia na janela do vagão de trem noturno estava queimado pelo sol e esquálido. O rosto cheio e branco que tinha na época em que me despedi dele transformou-se em bochechas magras e afundadas, o queixo afinou-se e não havia barba que o escondesse. Além disso, parece que meu olhar se tornou mais aguçado. Isso se deve à atenção necessária aos movimentos da linha de pesca e dos três anos que passei no meio do mato.

A barca vazia

Entrei na cafeteria me passando por cliente e, ao sentar em uma pequena mesa, logo um atendente chegou. Pedi uma cerveja gelada e uma porção de linguiça defumada. A passagem do líquido gelado e meio amargo pela garganta seca pela viagem trouxe uma sensação de alívio. Esse tipo de sensação só podia ser experimentado na cidade grande. As recordações, que hoje se tornaram passado, misturaram-se à leve embriaguez.

Do balcão, vi que Kobayashi olhava de vez em quando para a rua. Apesar de ele já ter me visto, ainda não havia me reconhecido. Ele sabia que o trem vindo da cidade P chegou à cidade e se preocupava com a minha chegada.

Terminei de beber a cerveja, chamei o atendente e, depois de pagar, disse:

— Diga ao seu patrão que Jinzai chegou.

O atendente foi até o balcão e cochichou para Kobayashi, que deu um pulo. Ele veio até os fundos da loja, mas os únicos clientes eram um careca com a esposa, e os outros eram apenas três jovens. Então, veio até a minha mesa.

— Você é quem o atendente...

Começou a falar, mas interrompeu no meio.

— Senhor Tsugushi!

Parecia que ele gritou no fundo da garganta.

— Finalmente vim, fico contente que esteja bem.

Kobayashi parecia feliz de corpo e alma e, galgando a escadaria, convidou-me para a sala de visitas e chamou a velha esposa.

Mesmo sabendo da minha visita com antecedência, dona Kiyo não deixou de ficar comovida e começou a chorar.

— Dona Kiyo, que bom que tenha uma boa loja.

Se Kobayashi possuísse uma casa modesta, que mal sustentasse a família, ficaria muito triste, mas um negócio desse porte era muito bom. Fiquei feliz de coração.

— Senhor Tsugushi, deveria ser ao contrário.

— Que é isso! Eu também quero começar um negócio. Mudei para a margem do rio e quero abrir uma empresa de pesca.

— É mesmo? O patrãozinho tem o perfil para ser o presidente da empresa, não é?

Achei que seria mais confortável para ela se eu me gabasse um pouco.

Como Kobayashi sinalizou: "Vai servir alguma coisa", dona Kiyo desapareceu para a cozinha. Ficamos apenas nós dois e, ao comemorar a bela loja que conseguiu, o ex-capataz contou sua trajetória.

Ele era amigo há trinta anos do antigo dono, Miguel, que tinha um filho e duas filhas, mas não confiava no filho e nos dois genros. No entanto, devido à idade, o trabalho se tornou penoso. Foi quando soube que Kobayashi saiu do emprego na fazenda Jinzai e ofereceu a loja. Além disso, da indenização da demissão, ele havia poupado um pouco, mas não possuía capital suficiente para manter uma cafeteria em uma avenida. Então Miguel disse para pagar o que tinha como adiantamento e o restante, por contrato, poderia pagar todos os meses com o lucro da loja. Kobayashi ficou preocupado no início se haveria lucro, mas por sorte a casa foi bem-sucedida, e conseguiu pagar toda a dívida nos últimos dois anos.

— Senhor Tsugushi, vou continuar a trabalhar até que meu filho caçula termine os estudos.

Nesse momento, o filho mais velho, Ricardo, retornou. Ainda era um estudante de medicina desta cidade e não soube quem era quando o encontrei. Claro que ele, muito menos, reconheceu-me.

— É o senhor Tsugushi.

O pai me apresentou.

— Como vai? Faz tempo.

Cumprimentou-me conforme dita a etiqueta, mas ele não demonstrou o mesmo respeito que o pai tinha pelo antigo patrão. A geração era diferente, e nossa posição social mudou, por isso era melhor que agisse assim. Não vim para ganhar a gratidão de ninguém, vim apenas porque gosto da pessoa de Kobayashi e por sentir que lhe devia desculpas; sabia que não seria uma amizade como a que tinha com Santo, mas senti um aperto no coração.

Anoiteceu e dona Kiyo se recolheu, mas continuei conversando com Kobayashi até depois da uma da madrugada. Os assuntos com ele não se esgotavam. A conversa naturalmente voltou-se para Ana. Soube pela primeira vez sobre a morte do pai dela, Sakuzô. Segundo Kobayashi, ele era um homem astuto, mesmo que não tivesse ocorrido aquele incidente, ele já planejava a separação de Ana, e acabou a vida como um louva-a-deus cruel e cômico. Ana transformou a fazenda Jinzai em um condomínio residencial, mas a empresa foi devastada pela família Kanemori e estava à beira da falência.

Como Kobayashi falou sobre a minha parte na empresa, disse que já fazia quase um ano que não recebia nada no banco da cidade P, e ele criticou muito Ana. Porém, não consegui concordar com ele. Não me importavam as remessas de dinheiro, o incidente tornou-se coisa do passado. Achei que não era inteligente ficar obsessivo com isso.

Fui sozinho, recusando a oferta de Kobayashi em me acompanhar na visita ao túmulo dos meus pais.

Próximo ao cemitério, não houve mudanças ao longo dos três anos que se passaram. Atravessando o portão, chamou-me atenção a lápide com uma escultura em que um dragão rasteja pelo chão, prestes a atacar uma mulher, pertencente a uma família japonesa, proprietária de uma empresa de beneficiamento de arroz e café, que residia no local desde a formação da cidade A. Também reparei no estado de ruína do túmulo. Será que os parentes já não moram mais nesta cidade?

Parei diante do túmulo dos meus pais. Ocasionalmente, Kobayashi o teria visitado, já que a lápide conservava-se em bom estado. Troquei a água do vaso, depositei crisântemos brancos e fechei os olhos. Acalmei minha mente e recordei os dias de afeição que recebi dos meus pais, embora se possa dizer que não goste de sentimentalismos. Não tenho a crença de que possa conversar com os espíritos deles ou que eles estão me observando. Visitar o túmulo era um costume e um local apropriado para se lembrar dos mortos. Como não sei quando pode acontecer algo em minha vida, mesmo que ao meu redor tudo esteja em ruínas, ver o modesto e discreto túmulo dos meus pais me tranquilizou.

No dia seguinte, comprei o que Santo pediu e me despedi do casal Kobayashi, que não me deixou partir até que prometesse uma nova visita. Ao chegar à cidade P, resolvi todos os assuntos pendentes e fui para o porto S de barco.

Três anos se passaram em um piscar de olhos nessa terra deserta, onde era impossível realizar uma viagem de vários dias; mas desta vez, com essa jornada consegui realizar algumas pendências que me preocupavam, como visitar o túmulo dos meus pais e reencontrar com Kobayashi. Agora, por fim recuperei certa tranquilidade. Ao retornar da viagem, Santo, como combinado, viajou para a casa da filha na cidade P.

A barca vazia

A enchente

Trabalhar na fazenda dos Dias e morar nessa margem do rio foram modos de sobrevivência do momento e da época; era resultado de um encontro fortuito e o negócio foi firmado como se fosse predestinado. Santo foi um pescador que aceitou repassar o pesqueiro e ensinar seu trabalho, mas minha relação com ele não era apenas por isso, pois percebi depois de sua partida que suas ações e palavras, outrora sem importância, com o passar dos dias carregavam um profundo significado para mim.

Grande parte da vida de Santo não era conhecida por outras pessoas. Ele mesmo disse que já realizou negócios escusos. Contou muitas histórias sobre conduzir rebanhos de gado, mas presumi que não era apenas isso, suspeitei que tivesse algo mais. Eu me interessava por sua personalidade, ao invés de investigar seu passado. A sabedoria de vida do velho, que adquiriu enquanto vivia solitário como pescador e, apesar de não ter aprendido com ninguém, realmente tinha sentido. Esse foi um dos presentes que ele deixara.

Desde que me despedi de Santo, as lembranças que tinha dele aumentavam a cada dia. Era a mesma sensação quando percebi que o tempo de muitos dias havia escapado de minha memória, depois de me tornar responsável pela administração da fazenda ainda jovem, com a morte inesperada de meu pai.

— Meu filho, mesmo que um pescador se orgulhe de ser experiente, ele se parece com uma planta aquática que boia nessa correnteza. Você reconheceu o cheiro da margem do rio? O cheiro verde e doce da lama é do leite da sua mãe. A expressão afetuosa do rosto não é igual todos os dias. Há o rosto da virgem Maria, a expressão severa da mãe quando tenta educá-lo ou ainda os olhos que lembram uma amante, mas também às vezes torna-se histérica. Abandonam as crianças e tudo mais. Não por achar que elas atrapalham a vida, nem por odiá-las, deve ser alguma doença das mulheres.

Ouvi interessado esse pescador, que parecia uma árvore seca, traçar um paralelo comparando o rio a uma mãe, e chamando a si de filho.

— Santo, o que é essa histeria?

— Não sabe? São as enchentes. Já vi duas vezes, é a loucura da mãe. Age com violência, mas não se preocupe, não devorará as crianças.

Conforme Santo disse, se a inundação começar, não conseguiria trabalhar por cerca de um mês. Durante esse período, ele disse que poderia trabalhar em outra coisa, mas que isso também dependeria da gravidade da doença da mãe.

Calmo e voluptuoso, mesmo que chova muito e a água torne-se turva, o volume desse rio não apresentava mudanças significativas. Naquela época, não havia outro jeito de saber o que era uma inundação ou enchente a não ser imaginar pelas palavras do velho, mas tempos depois fui surpreendido com esse fenômeno e não fazia ideia de que até mesmo meu destino sofreria uma mudança.

Santo partiu, e voltei à antiga vida solitária. Fui ao banco da cidade P, aproveitando a viagem e saquei o dinheiro para pagar Santo. O motor para colocar na canoa, que encomendei, foi entregue de barco.

Com isso, poderia com facilidade ir e voltar no mesmo dia do porto S. O barco de carga passa nos dias combinados para pegar os peixes. Até agora, vinha conforme as instruções de Santo, e a pesca eu conseguia dar um jeito sozinho. Por fim, estabeleci um meio de viver e, apesar de monótonos, os dias pacíficos continuavam.

Contudo, o garoto (soube dias depois pelo velho pescador que na verdade era uma garota) cujo dono chamava de Marco, apareceu de repente, vindo da fazenda de Zerbano, onde passei a

A barca vazia

noite graças a Santo, quando fui à vila para procurar pelo registro de Eva. Aproveitando a ausência de Zerbano, disse que fugiu a pé pelo campo sem estrada.

Seis meses atrás, não sabia que esse garoto, que parecia ser um empregado, tinha a intenção de fugir de casa. Pensando ser apenas saudades da terra natal, respondi ao que ele havia perguntado; apontei para uma distante colina indistinta ao sul e disse que indo até o rio adiante, onde avistaria um planalto coberto de capim-navalha e dali, se seguisse até a torre de transmissão de energia, que daqui não era possível avistar, veria um pântano extenso e um rio grande, e na mata fechada da margem desse rio se avistaria um espaço aberto com plantação e a cabana de Santo, do tamanho de um grão de feijão.

Foi uma breve conversa que tive com o garoto, separado pela cerca de madeira que tinha marcas de anéis na superfície, enquanto ele tirava a sela de Teimoso, dando grama e água.

E então, a voz irritada do dono veio do interior da casa. O garoto empalideceu e tratou do cavalo às pressas, desaparecendo dentro da moradia. Marco talvez tenha vindo para cá apenas com as instruções que dei naquela ocasião, e seguindo as marcas da ferradura do cavalo na estrada estreita, assim que chegou à cabana, desmaiou.

O acontecimento repentino me deixou transtornado. Isso se devia ao desmaio de Marco, mas também à perplexidade sobre sua verdadeira identidade, revelada por Santo. Contudo, seja lá qual for a situação, não poderia deixá-la do jeito que estava. Levei-a para a cabana e a deitei na cama. Afrouxei o cinto apertado da calça e desabotoei a camisa, deixando seu peito à mostra.

Mesmo que as feições emaciadas de Marco estivessem ásperas e queimadas pelo sol, sob a escassa luz da cabana podia-se ver seu peito alvo, assim como o bico de seus seios de bela forma, e as auréolas rosas que se moviam pela respiração. Se eu tivesse segundas intenções, nesta situação talvez não me importasse com o que acontecesse depois, mas a fruta que caiu tinha dono. Ela perdeu os sentidos e por isso precisou de cuidados; sorvi um pouco de pinga e soprei no rosto da garota.

Aos poucos, ela conseguiu falar e a verdade que revelou era a mesma que Santo havia me contado.

— Meu nome é Marta, por favor, me ajude.

E interpelava, chorando. Tive pena da jovem, mas seu pedido de ajuda, além de inesperado, colocou-me em uma posição delicada. Não sabia qual seria a melhor decisão a tomar.

No entanto, a realidade aponta como se eu tivesse aceitado. Seja qual for a situação, um homem e uma mulher nessas condições são vistos como culpados, e muitas histórias do passado comprovam isso.

Marta, apavorada, disse que, no mais tardar, Zerbano chegaria aqui amanhã depois do almoço. Contou também que o velho, depois que fui embora, desconfiou de nós dois e a interrogou, pressionando a lâmina de uma faca quente na palma da mão. Era difícil de acreditar, mas isso me fazia pensar o quão terrível eram os ciúmes do velho. Decidi, de qualquer maneira, ajudar Marta a escapar. Porém, para explicar a situação e escondê-la, não havia outra casa a não ser a de Inês. Assim pensei, e não podia deixar essa chance escapar, contei os motivos para Marta, que concordou em ficar lá. Se for um lugar longe das buscas do velho, parece que poderia ser qualquer lugar.

No dia seguinte, como Marta temia, Zerbano, trazendo outro cavalo, parou na frente da minha cabana. Estava certo de que a amante estava escondida aqui e mal me cumprimentou:

— O moleque está aqui, hein?

A pergunta em tom furioso era exagerada para um patrão preocupado com o desaparecimento do empregado. Além disso, ele perguntou como se eu ainda não soubesse sobre a identidade de Marco.

A barca vazia

Para onde foi o pensador contrito e de compostura, que me hospedou por uma noite, perguntava-me. Com seus cabelos brancos desgrenhados e o rosto vermelho por causa do esforço da viagem às pressas, Zerbano parecia um animal selvagem louco de luxúria. Marta tinha fugido e pediu ajuda a mim, um conhecido apenas de passagem; mas diante do comportamento desvairado do velho, decidi que não entregaria a mulher.

— Não sei. Afinal, como ele conseguiria vir, se não sabe sequer o caminho?

— Talvez não tenha como ter pedido ajuda a você, mas não resta outro lugar onde possa ter ido.

— Procurou em outros lugares?

— Ainda não. Será que se escondeu na vila?

Parece que ele acreditou em mim, puxou as rédeas e pôs o cavalo na direção do caminho de volta.

No interior, a vida era monótona e faminta por histórias curiosas. A privacidade de um dono de terras logo foi transformada em uma grande fofoca, espalhando-se de boca em boca. Na vila Muca, enquanto procurava por Marta, Zerbano foi alvo de chacota dos moradores e obrigado a beber até não poder mais, fazendo com que caísse do cavalo. Machucou as costas e tornou-se um doente acamado; como tinha quem cuidasse dele na terra natal, voltou para o estado de Minas.

Mais ou menos nessa mesma época, uma carta de reclamações sobre Marta feita por Inês foi entregue de barco. Dizia que no porto S, rumores circulavam se Marta era um homem ou uma mulher.

Não queria expulsar friamente a mulher de Zerbano e mandei-a para o porto S até que as coisas se acalmassem, mas ela, consciente ou não, comportava-se como uma cadela no cio. Devia ser uma situação embaraçosa ela atrair os olhares dos homens do porto, e eu sentia pena de Inês.

Sem demora, desci o rio para buscar Marta. E para minha surpresa, Inês disse que moraria também na minha cabana, trazendo Mauro. Uma situação embaraçosa se formou, na qual duas mulheres vieram morar comigo ao mesmo tempo. Eu também estava inquieto.

— Para o patrão é bom ficar perto de Mauro.

Inês disse como se estivesse querendo saber o que eu pensava de fato. Achei que se tratava de uma proposta com segundas intenções. Duas mulheres e uma criança juntaram-se aos dias solitários, transformando-os em dias movimentados, mas pensava que não seria por muito tempo.

Correram boatos sobre a construção de uma represa rio acima. Como se confirmasse essa informação, nos últimos dias o vaivém de barcos aumentou. Dependendo do dia, grandes embarcações subiam o rio.

Se fosse sozinho, não me arrependeria em morrer como um pescador, mas havia Mauro. Planejava continuar com essa vida até ele alcançar a idade para entrar na escola, mas se o governo começasse uma obra, sua conclusão, mesmo que rápida, levaria de cinco a seis anos, e coincidiria com a época em que teria que pensar no futuro da criança. Na pior das hipóteses, por influência da construção, o ambiente pode tornar-se impróprio para a pesca, mas vou deixar para pensar sobre isso quando chegar a hora. O mais inteligente agora é não pensar muito a respeito. Quem pode prever o que acontecerá amanhã?

Quando avisei Marta que Zerbano retornou à terra natal, mesmo que demonstrasse sua infantilidade ao comemorar abertamente a notícia, revelou também um lado difícil, pois ao encontrar o olhar com o de Inês, enrugava o pequeno nariz e virava o rosto. Comportava-se como se fosse uma visita e, pelo modo de falar, tratava Inês como uma empregada. É claro que Inês, no íntimo, não se sentia confortável.

Entretanto, a atmosfera de rivalidade entre as duas mulheres me impedia de ser tendencioso. Se Inês não tivesse nos acompanhado de porto S e vivesse apenas eu e Marta, estava claro que tipo de relação se iniciaria, seria um problema que não conseguiria resolver com a racionalidade. Mesmo que Inês tenha se mudado para cá, na qualidade de mãe de criação de Mauro, ainda seria um forte motivo para me sentir tentado.

Com as duas mulheres, a situação era diferente, impedindo que nascesse um sentimento de culpa.

De qualquer forma, a pequena cabana cheirava a mulher. E não era apenas o meu olfato, parece que os barqueiros que passavam uma vez por semana também sentiam. Não era um segredo em especial, e nem escondia a situação, mas não suportava as más línguas; por isso, no horário em que o barco vinha, mandava Marta ir apanhar lenha na mata ou mandava-a para fora da cabana em outros trabalhos. Todavia, os barqueiros sabiam que eu morava com duas mulheres e uma criança sob o mesmo teto.

— Chefe, consegue dar conta da moça nova e da coroa?

E fazendo chacota, alguns riam. Mesmo que explicasse minha situação, eles não acreditariam, então levantei o polegar e me gabei, dizendo que não era nada mal. Se eu me fizer de palhaço, estar-me-ia autorrebaixando, mas me fazendo de bobo para estas pessoas vulgares, pela primeira vez, passaria a ser aceito como um companheiro de pesca.

O barco de carga fazia do meu pesqueiro seu ponto final e não subia mais o rio além daqui. Ao terminar o serviço, partia em direção ao meio do rio. Enquanto observávamos, o barco baixo de vinte toneladas, como uma sanguessuga encolhida, aos poucos inflou e inclinou-se ao receber a correnteza de um dos lados do casco. A proa foi direcionada para o rio abaixo, e a posição da sala de comando, do mastro e da carga foram, aos poucos, mudando; a sombra do barco projetou-se longamente pela superfície da água, o apito soou e de repente uma espuma de água surgiu; o barco aumentou a velocidade e desapareceu de vista.

Pedi para Marta apanhar as coisas leves, como as caixas vazias jogadas na margem do rio, o saco de sal e algumas compras, e eu carreguei as coisas pesadas de uma vez só para a cabana. Quando retornei, Marta ainda continuava parada com o ar perdido, observando o local onde o barco já não estava mais.

Cedo ou tarde, deveria pensar no que fazer com Marta, mas quando chegava a hora de pôr isso em prática, eu hesitava. Estávamos em paz porque Zerbano voltou para a cidade natal e não podia levantar da cama, mas, quando ele recuperasse o vigor e soubesse da verdade sobre sua fuga, a relação entre mim e ele não sairia ilesa. Pelo decorrer dos fatos, poderia fazer de Marta minha esposa, mas não sentia atração por ela e, se a colocasse na casa por um sentimento momentâneo, podia prever o que aconteceria.

Pela experiência do passado, para resolver a situação, o mais aconselhável era observar com atenção do que agir, sabia que era melhor esperar por uma oportunidade.

Com Ana, minha primeira esposa, fiquei irritado com sua teimosia e por causa de uma fúria repentina cometi uma tentativa de assassinato; não foi culpa de ninguém que eu estragasse minha vida, mas ao pensar nisso agora, poderia ter resolvido com mais tranquilidade, apenas morando separado dela. Parece que não tenho sorte com as companheiras com quem casei. Ana era tão bela, apesar de eu não saber que mesquinhez se passava em sua mente; por acaso conheci, enquanto era um andarilho, a jovem Eva, que carregava uma criança. Tínhamos algo em comum, por isso pensei que poderia passar junto com essa mulher as alegrias e os sofrimentos, mas nos unimos por apenas poucos dias; Eva morreu doente durante a viagem.

Havia a educação de Mauro e, por ter um histórico de doença psicológica, aplicava uma sofrida disciplina, de que não poderia mostrar meus sentimentos como quisesse para as mulheres.

A barca vazia

Desde o início, Santo construíra essa cabana de pescador para morar sozinho, apenas para se proteger da chuva e do vento, não havia espaço para quatro pessoas morarem. Ofereci meu quarto para as duas mulheres e para a criança, provisoriamente, e pendurei a rede embaixo do teto sem paredes. No entanto, uma hora da madrugada, aborrecido por um enxame de pernilongos, não conseguia dormir, apesar de cobrir a cabeça com o cobertor. Por fim, ao cochilar, as duas mulheres apareceram em sonho.

Assim que chegou à cabana, Marta me viu e desmaiou (talvez fosse um truque para que eu a ajudasse sem recusar). Com esse acontecimento repentino, foi necessário tomar uma providência. Nessa situação emergencial tivemos um contato bastante perigoso. Por falar nisso, mesmo que por coincidência, também vi Inês nua. Não fazia muito tempo desde que ela tinha vindo, certa tarde, chamei Inês por algum motivo, mas não obtive resposta. Quando espiei o quarto, Mauro dormia. Esqueci qual era o assunto a tratar, mas tinha um serviço que queria terminar antes de escurecer, então desci até a margem do rio.

Na superfície da água, surgia uma neblina. Era por causa da diferença de temperatura entre a atmosfera e a água. Às vezes se via esse fenômeno ao escurecer, e uns poucos metros adiante se transformava em um mundo de ilusões. Aproximei-me do atracadouro da canoa e, quase diante dos meus olhos, Inês estava de costas tomando banho.

Surpreso, me escondi em uma moita a passos silenciosos. Era uma preocupação em não assustar a mulher sempre reservada em tudo, mas também não pude impedir o desejo de conhecer o corpo nu de uma mulher mais velha. Inês passou sabonete em todo o corpo e, ao esfregá-lo com um pano, apanhou água com uma bacia de alumínio e tirou a espuma branca do corpo, jogando água várias vezes. De pé em uma parte rasa do rio, a mulher de pele morena e molhada, ao sair do meio da neblina, colocou as duas mãos abaixo dos seios e empurrou-os para cima.

Ouvi um gemido. Mesmo que fisicamente Inês parecesse mais velha, já que não teve filhos, notei que tinha os seios firmes, assim como o abdômen, as coxas grossas e nádegas volumosas. Passaram pela minha cabeça pensamentos fúteis, de como ela devia ter seus momentos difíceis sem um homem.

Logo adiante na água estagnada, uma lontra mergulhou. Inês, assustada pelo barulho, foi para a margem, vestiu as roupas e saiu.

Esse incidente foi um estímulo forte para mim e, ao acordar pela manhã, vi que havia ejaculado. Contudo, não me envolvi com nenhuma das duas, pois mais do que autocontrole, o ambiente me favoreceu. Uma era a mãe de criação de Mauro e a outra, para fugir do homem que não suportava mais, apenas me usou como apoio, e eu a ajudei por conveniência das circunstâncias, já que pensava nela como uma criatura distante. Marta poderia ir para onde quisesse e deveria ir. Seria bom também levar Inês e a criança de volta para o porto S.

Da minha amarga experiência, sabia que a verdadeira natureza das coisas apareceria com o passar dos dias e esperei com paciência que as coisas se acalmassem sem forçar. Depois de seis meses, Marta se envolveu com um dos barqueiros e por vontade própria foi embora. Inês, pelas circunstâncias, não poderia imaginar que fosse embora como Marta, mas agora que a outra não está mais aqui, ela se manifestaria, e eu esperei com interesse. Assim como previa, Inês disse que gostaria de ir embora.

Mauro começou a andar e se acostumou comigo. Era difícil me separar dele, mas se trata de sua educação e era impossível conciliar com o meu trabalho, portanto atendi ao pedido da babá.

Com isso, pude saber o que Inês tinha em mente quando veio para o pesqueiro. Para ela, não importava se eu e Marta nos juntássemos, mas dependendo daquela mulher, talvez nós tomássemos de volta a criança e, nesse caso, o pagamento pelos cuidados com Mauro cessaria. E Inês teria que fazer como antes, andar de casa

A barca vazia

em casa para lavar a roupa dos comerciantes pouco numerosos. Para qualquer pessoa que conheceu uma vez a boa vida, era um sofrimento voltar para a vida difícil. Sem dúvidas, ela pensou em atrapalhar minha relação com Marta. Foi um pouco cruel, mas interpretei o raciocínio de Inês desse modo.

Inês foi apresentada por Santo e tinha a honestidade de uma mulher do interior. Por esse motivo, deixei Mauro em suas mãos, mas no caminho de volta após levá-la para o porto S, fiquei matutando se ela ficou satisfeita ao cumprir sua missão, e voltou para casa. Restou uma grande dúvida...

Como Marta partiu e Inês, levando Mauro, foi embora para o porto S, apesar de ser meu desejo, minha vida tornou-se solitária, de súbito.

O inverno estava se aproximando. A chuva, aos poucos, rareou, havia dias em que no céu limpo um bando de pássaros migratórios passava.

A cada dia, a estação ia avançando. Certo dia, um barco que nunca vi nessa região ancorou na margem do meu pesqueiro. Três homens desembarcaram. Um deles carregava no ombro um equipamento com tripé. Como havia os boatos da construção de uma represa rio acima, pensei em se tratar de uma equipe de medição de topografia, e vendo-os se aproximarem, notei que um deles era branco e os outros dois tinham a mesma aparência que eu, ou seja, eram japoneses. Contudo, percebi logo que não eram nisseis que cresceram nesse país. Os dois vestiam roupas leves, mas não estavam seminus como eu, que apenas vestia um calção. O branco de rosto vermelho e barbudo era gordo e grande, seus movimentos eram pesados e lentos. Já um dos japoneses acompanhava o homem grande e o outro, enquanto andava, balançava a mão, espantando as mutucas que costumavam atacar novatos. O homem de rosto vermelho aproximou-se o bastante para conversar comigo. O homem ao lado dele falou em uma língua que não estava acostumado, e o barbudo respondeu:

— *Yes.*

Deduzi pela resposta que eles não eram topógrafos da represa. Mesmo assim, já que carregavam esse equipamento, os três (parece que o de rosto vermelho era o dono do barco e guia)ou teriam vindo realizar alguma pesquisa acadêmica ou era uma equipe de fotógrafos que apresentaria as paisagens raras dessa região.

— Você é o japonês chamado Mário?

E o barbudo estendeu o grosso braço com pelos dourados. Parece que no caminho para cá, ele reuniu informações a meu respeito. Meu dente da frente doía desde a última noite, por isso tinha uma sensação desagradável.

— Sim, sou eu.

— Ouvi dizer que é um especialista em pescar pintados.

— Sou um pescador, claro que pesco.

— Na verdade, esses dois vieram do Japão para fotografar a natureza, as pessoas e os animais que vivem nessa região. Entende o que quero dizer, não?

— De certo modo.

— Então podemos chegar a um acordo. Porém, como parte desse registro, querem também apresentar o modo de vida dos pescadores deste rio, por isso querem fotografá-lo pescando um dos grandes peixes na prática. Você cooperaria?

Enquanto ouvia o rosto vermelho tentar me persuadir, o encarregado de fotografia que veio atrás tirava fotos da cabana e da mata nativa que continuava na margem, quando direcionou sua lente para mim. A bola de vidro roxa brilhou misteriosamente do fundo do tubo. Irritei-me com a atitude autoritária e insolente dele. Tudo bem em fotografar a paisagem, mas tirar uma foto minha sem permissão, sem ainda dizer se concordava ou não, foi inaceitável. Desde o começo, considerei a visita destes três algo sem relação com meu cotidiano, mas ao me irritar, a dor de dente aumentou ainda mais.

A barca vazia

— Vai me desculpar, mas isso não posso fazer.

Ele ficou surpreso com minha recusa.

— Por quê?

— Não quero ser fotografado. Não dizem que a alma é sugada pela câmera?

Como pretexto para mandá-los embora, usei a superstição dos índios dessa região.

O rosto vermelho transmitiu em inglês para o homem que estava ao seu lado:

— A negociação está difícil, ele disse que não quer fazer.

— Qual é o motivo?

— Que se tirar fotos, vai morrer.

— Que bobagem!

Ouvindo a explicação do barbudo, um deles riu. Parece que entendeu que eu queria dinheiro.

— Diga que vou recompensá-lo pagando uma diária.

O guia perguntou o quanto eu queria.

— Dinheiro eu quero, mas se morrer não vai adiantar nada.

O barbudo traduziu minha resposta. Ao ouvir isso, o câmera, que tinha pavio curto, disse:

— Esse macaco maldito ignorante! Regrediu e até a cara dele se parece com um.

Ele disse isso ao companheiro em um japonês bem claro. Os dois, desde o início, tratavam-me como um ignorante. Ao vir sem pedir licença e direcionando a lente da câmera, podia ver o que pensavam de verdade.

— Não quer mesmo? Não quer pensar um pouco? Podemos pagar mais, o que acha?

— Desculpe, mas quero que vá embora.

Recusei e dei as costas para os três. Ao entrar na cabana, aproximei meu rosto do espelho pendurado no pilar da pia. Com o excesso de umidade, o espelho estava embaçado, mas mesmo que as manchas marrons atrapalhassem, podia ver um vulto. Fiquei atônito quando vi meu rosto. Além de queimado pelo sol, o lábio superior estava inchado e vermelho e a barba que estava por fazer crescia das costeletas até o queixo. Com essa aparência, era certo que parecia um macaco.

Com raiva por eu ter recusado o trabalho, um dos fotógrafos soltou um comentário grosseiro e partiu, mas quando pensei o quão bom foi não ter mostrado o pesqueiro para eles, quase gritei: "Não mostre o pesqueiro para outros". Esqueci completamente a recomendação de Santo. Também me lembrei de outro de seus ensinamentos: "Pescar é uma profissão, não é para se exibir". Percebi que qualquer palavra de Santo da qual eu me lembrasse tinha relação com a mais profunda sabedoria de um vivente experiente.

A tão comentada construção da represa foi suspensa e caiu no esquecimento. Fatos triviais ocorreram a minha volta, mas não eram especialmente dignos de se recordar; três anos havia se passado. Mauro crescia em porto S. Era uma criança gordinha e animada, tinha um pouco de cor porque sua avó era de sangue índio. Inês se orgulhava por Mauro ser esperto, mas não só porque era seu filho de criação.

Certo ano, no início da estação chuvosa, as massas de nuvens que passavam do oeste para o leste sobrepunham-se umas às outras, sem que o sol saísse, e choveu sem parar, a ponto de duvidar como tanta água pudesse flutuar no céu.

A cabana parecia um guarda-chuva aberto embaixo de um chuveiro. O telhado de palha que Santo construiu não conseguia escorrer toda a água, e começava a vazar. Descansei do trabalho nesse período. O barco de carga também não veio. Dias depois do início da chuva, tirei as duas canoas da água e amarrei-as com correntes no tronco de uma árvore que ficava num terreno mais alto.

Passando dias na cabana sem me expor ao sol, não fazia nada nesse tempo ocioso, fiquei deitado na rede. A imagem de mulheres seminuas surgia como miragens. Até mesmo a canção daquela festa de carnaval, na fazenda do meu pai, naquele ano, veio de modo espontâneo:

"Oh, jardineira, por que estás tão triste?/ Mas o que foi que te aconteceu?/ Foi a camélia que caiu do galho,/ Deu dois suspiros e depois morreu."

O ruído da enchente e o barulho das goteiras formaram o acompanhamento com a canção da festa dos bons tempos do passado, mas não conseguia disfarçar a preocupação de que algo aconteceria. Desci da rede e saí no meio da chuva. O volume de água aumentou mais do que imaginei, e as canoas amarradas com bastante folga na raiz da árvore, em apenas uma noite, puxadas pela corrente, inclinavam-se, quase sendo cobertas pela água. Fui até lá e desamarrei, puxando as canoas mais para cima. Da cabana até aqui, havia uns cem metros, mas a diferença de nível chegava a apenas um metro, por isso a inundação da casa era uma questão de tempo. Entre a água barrenta que corria ondulante, a mata do outro lado da margem, borrada pela chuva, parecia pequena no meu campo de visão.

O nível de água deste rio, que demarcava a fronteira do estado, não diminui tanto mesmo que não chova por um longo período durante a seca. E ainda, por experiência, sei que seu volume não aumenta mesmo que se torne barrento com a água vinda do rio acima, por causa de chuvas torrenciais.

No entanto, a enchente desta vez, com um volume de chuva anormal, inundou a extensa região do interior, das longínquas elevações até as planícies, da terra plana até os pântanos, e não conseguiram conter a água porque escoava através dos grandes e pequenos afluentes para o rio principal e assim por diante.

Um mundo de água lamacenta se estendia embaixo das nuvens negras que se moviam continuamente. A água que corria volumosa ondulava com violência avançando sobre as ondas e espalhando respingos. Aqui e ali se formavam grandes redemoinhos, que desgastava a terra ao redor da raiz de um tronco grosso, e aos poucos, girando, a árvore era tragada pela água. Pequenos animais mortos eram levados misturados aos destroços e cadáveres de cavalos e gado eram arrastados. Até mesmo o telhado de palha semidestruído da cabana, levado pelas ondas, passava diante dos meus olhos. Observando estupefato e com certo fascínio todas essas cenas, meu corpo também parecia flutuar, e tive a ilusão de que era empurrado em direção contrária a correnteza.

Com essa inundação, que não se limitava mais a apenas um pequeno descanso para os pescadores, uma grande calamidade atingiu as fazendas que se estendiam ao longo das margens do rio. A inundação que Santo comparou a uma mulher enlouquecida, segundo sua experiência, não chegava a inundar a cabana. A previsão de um morador antigo como Santo subestimou o fenômeno. Tanto que disse: "Apenas para descansar". Mas, após cinco dias, a inundação de repente alcançou a plantação de milho nos fundos da cabana.

Não era apenas a água brotar devagar e formar uma poça, a invasão de água suja e preta chegava às canelas, formando uma espuma branca, arrastando muitas folhas caídas, galhos de árvores e cobras. O fenômeno começou com o rompimento de uma barreira em um local acima daqui, e parte da inundação passou pelas terras baixas da mata nativa e apareceu aqui.

Havia prestado atenção somente ao nível do rio principal e, nesse momento, senti pela primeira vez um calafrio percorrer a espinha. Conforme a situação, havia a possibilidade de eu ter que fugir.

Devido à enchente que chegou por trás da colina, precisava agir imediatamente. Se com a primeira onda já vinha um volume de água desses, não tinha como imaginar como seriam as próximas, e se a situação continuasse assim, não poderia abandonar a canoa.

A barca vazia

Primeiro, puxei a canoa grande para a cabana. A outra, decidi abandonar. Como não sabia se o pilar da cabana resistiria, resolvi entrar na mata. E nessa altura, o nível da água já subira tanto que a canoa flutuava. Preparando-se para o perigo imprevisível, coloquei na canoa o motor, o combustível, a arma e mantimentos. Fiz uma armação de bambu, cobri com lona a embarcação e, como não havia goteiras, poderia cozinhar e dormir ali. Quando terminei os preparativos necessários, sentia-me preocupado com a criança em porto S, mas a casa de Inês fica em um terreno alto atrás da igreja, por isso me tranquilizei por enquanto. Por falar nisso, não vi Teimoso nos últimos dois ou três dias, mas ele é esperto, deve ter logo percebido a inundação e fugido para terras mais altas.

No segundo dia após a enchente da cabana, levei a canoa para o interior da mata. Amarrei a canoa em um tronco bem grosso, enrolando um laço feito com correntes. Por enquanto, não tinha previsão de quanto tempo teria que viver como refugiado. Não havia preocupação quanto aos mantimentos, mas ao invés da água abaixar, ao contrário do que previa, ela subia a cada dia e não mostrava sinais de parar. A corrente amarrada ao tronco que pendia da canoa subia a cada dia uns vinte milímetros. Apesar de estar no meio da mata fechada com uma visão limitada, aos poucos conseguia enxergar melhor ao redor. Vi apenas o telhado da cabana no meio da água e, da mata da outra margem do rio, apenas as copas das árvores despontavam da correnteza.

Com a inundação, não conseguia saber qual era o rio principal e para qual direção ficava o porto S. Era um mundo de água vertiginoso e infinito, que girava alucinadamente e parecia alcançar até o céu. O refúgio forçado e improvisado no meio da mata deixou de ser seguro. De tempos em tempos, a direção da enchente mudava e, em algum momento, a canoa mudava de posição. No início, a água vinda por trás da colina, agora, era empurrada de volta pelo rio, o que aumentou seu nível. Às vezes, as ondas repentinas chocavam-se nos troncos das árvores e a canoa, levada pelas ondas, balançava para cima e para baixo. O grosso tronco de árvore, ao qual ligava minha vida, exalava um cheiro de alho da madeira macia, como o cheiro das axilas de uma mulher gorda; apesar de seu porte grande, a raiz era fraca e começava a se inclinar.

Entretanto, minhas apreensões acabaram. Enfim, a água parou de subir. No início, não dava mostras de que baixaria, mas quando começou, a cada dia a diminuição era evidente. Ao pensar que o risco de morte havia passado, queria muito encontrar com a criança no porto S, apesar de ainda não poder navegar no rio por alguns dias.

Por fim pude ver o telhado da cabana, mas a palha imersa na água por vários dias estava em um estado lamentável. Era sorte não ter sido levada pela correnteza; das paredes de barro desmoronadas, restaram apenas as estruturas de madeira. Os utensílios no chão, como o balcão para limpar peixes, a vasilha de salgar e pressionar o peixe, a alavanca, estavam todos cobertos por lama – fiquei em dúvida se ainda poderia utilizá-los de novo.

Mas, antes de tudo, queria saber se Inês e Mauro estavam seguros em porto S. Pensando nisso, não conseguia mais ficar parado e, mesmo que as ondas estivessem altas, decidi descer o rio, pois já conseguia enxergar a mata ciliar que continuava até o porto. O motor *Johnson* era potente, com certeza passaria pelas ondas altas e redemoinhos.

O porto S também estava em estado trágico. Segundo o que ouvi dias depois, o velho pescador que morava nessa margem há trinta anos nunca tinha visto tamanha enchente. Eram numerosas as lojas próximas ao cais, pois atendiam os barcos que desciam e subiam o rio. Ouvi dizer que até a loja do Luís (que reunia a farmácia, o cartório e o correio) foi tomada pela água até o telhado.

A igreja construída no platô escapou da água. A casa de Inês não sofreu nenhum dano, mas por algum tempo o alvoroço dos moradores da vila foi grande e, até mesmo nessa terra pobre, os

A barca vazia
141

moradores das proximidades se refugiaram no platô em grande número, e como a igreja não foi suficiente para abrigar todos, havia duas famílias morando na casa de Inês.

Primeiro, fiquei contente ao ver Mauro e Inês seguros, mas não tinha tempo para conversar com calma, pois as autoridades da vila puseram os olhos em minha canoa motorizada e pediram para que eu buscasse carregamentos na cidade P. Queriam suprimentos de emergência, como remédios e mantimentos.

Com esse trabalho, fiquei cerca de vinte dias trabalhando para os desabrigados e fiz amizade com o dono da farmácia, Luís. Passei a ser conhecido em porto S.

Após a enchente, como sempre ocorria, começaram a surgir epidemias no porto. Temendo o contágio, retornei ao pesqueiro, levando a babá e Mauro. Pensei em deixá-los até que a situação fosse controlada, mas como ter Inês em casa era conveniente, moramos juntos por cinco anos, até que um pequeno incidente aconteceu.

No porto S, somente o farmacêutico Luís era uma pessoa com quem se podia conversar e, graças a minha amizade com ele, fui envolvido na disputa política da região. Meu destino mudaria por completo; tudo por causa dessa enchente.

A morte de Inês

Após a enchente baixar, o porto S estava em estado lamentável. As paredes das casas estufaram e a pintura de gesso branco descascou. Os telhados de algumas casas desabaram, por não suportarem a pressão da correnteza. As moradias de taipa foram esmagadas e soterradas pela lama, e no que se imaginava ser a sustentação da parede, feita de bambus partidos, havia destroços presos nela. As fundações das casas de madeira, consumidas pela enxurrada, inclinavam-se, em desequilíbrio. Havia casas térreas que conseguiram escapar do desmoronamento, encostando-se às casas vizinhas.

Assim que água baixou, as pessoas se apressaram em averiguar os prejuízos das casas e das lojas, mas não havia uma delas que fosse habitável de imediato e só para a limpeza da lama deixada pela enchente, levaria muito mais que meio dia ou um dia inteiro. A avenida que descia da igreja do alto tinha se transformado em um corredor de água, e como estava destruída, os carros não poderiam passar por um bom tempo. Próximo à margem do rio, um buraco se abriu no meio da estrada, causado pela enxurrada. Às vezes, vinham ondas violentas que ainda tinham força. As mulheres enchiam latões de querosene com essa água e levavam em cima da cabeça.

Eram poucos os vultos de pessoas que se movimentavam em porto S, desolados, como se estivesse em ruínas. Ainda não havia barcos que subissem o rio. As árvores das margens foram arrancadas pelas raízes e não restou uma tábua sequer do cais, que nada mais era do que uma velha passagem, espalhando-se como um bando de pássaros antes da tempestade.

Os equipamentos da fábrica de tijolos, que se salvaram várias vezes de inundações no passado, foram totalmente destruídos.

E, do mesmo modo, a madeireira ficou coberta de água, sem poder acionar a máquina a vapor. Foi um grande prejuízo para os donos, mas a enchente não apenas os prejudicou: as fazendas à margem do rio, os pescadores e os moradores pobres das terras baixas também foram atingidos de forma cruel.

A água baixou, porém, sem tempo para nos sentirmos aliviados, doenças começaram a aparecer no porto. Como mostrava sinais de se tornar epidêmica, voltei para o pesqueiro com meu filho adotivo e Inês, mas a situação também estava horrível. As pernas do balcão de trabalho, feitas de grossa tábua, tinham sido encravadas na terra; os barris de salga, que usava para eliminar a gordura, ainda restavam, mas a canoa pequena foi levada pela correnteza. Teria que construir a cabana de novo. O poço, que se transformou em um tanque de água suja, também seria preciso cavar outro.

Em todos os lugares a calamidade era quase a mesma, mas apesar da minha simplicidade, para pôr em ordem a casa na qual só tenho o necessário, gastaria pelo menos um mês.

Até hoje, já passei noites embaixo de uma ponte, nas sombras do barranco de um rio e até mesmo dormi ao relento dentro de uma mata. Além disso, eram propriedades alheias. Desta vez, éramos três pessoas, mas pelo menos as terras eram minhas e conseguia viver em uma grande canoa com cobertura. Poderia dizer que era na verdade um afortunado. Além disso, tinha com quem conversar.

Após o jantar, o pequeno adormeceu e, sob a luz da lâmpada, ouvi rumores a respeito de Marta, que se envolveu com um barqueiro e partiu, e até sobre a vida de Inês.

— Realmente, não sei por onde começar a falar. Éramos pobres, mas tínhamos uma fazenda, até que as dívidas aumentaram sem percebermos, e o proprietário vizinho nos tomou a terra. Nossa família se mudou para a cidade próxima. Eu tinha uma pessoa de quem gostava e acabei me juntando a ele. Ele se chamava Juno. Querendo ganhar mais dinheiro, ele foi para outro país. Era um bom vaqueiro, mas não sei que tipo de trabalho fazia. Às vezes, ficava seis meses, um ano sem voltar. Mas ele sempre enviava dinheiro para meu sustento. Não sei como ele era com os outros, havia boatos de que era um valentão, mas comigo sempre foi carinhoso.

— Está se gabando de seu homem, Inês?

— Foi o que achou? É que já faz muito tempo, não é? Certa vez, ele voltou e disse: "Desta vez há um trabalho muito bom. Se tudo der certo, não vou mais para lugar algum". E assim, depois de um mês, Juno foi trazido de volta por um homem que se parecia com um vaqueiro. Meu marido estava montado no cavalo com muito esforço e, logo que entrou em casa, desmaiou na cama. Quando tirei seu casaco, havia uma faixa amarrada na cintura e o sangue escurecido manchava até suas costas. Além disso, senti o cheiro que as pessoas prestes a morrer exalam. O homem que o acompanhou me chamou em particular e disse: "Inês, Juno disse que queria vê-la de qualquer jeito, e o trouxe atravessando um perigoso caminho, mas sua vida não vai mais que hoje ou amanhã, por isso esteja preparada". E foi embora. Era o patrão Santo. Antes do último suspiro, meu marido disse que havia comprado dois lotes de terra na parte alta do porto S, deixando a escritura de posse em meu nome e algum dinheiro. Nessa época, eu morava na vila Muca, que ainda era próspera com os mercados de gado.

— Espere um pouco. Você não era de porto S?

— Não. Depois que Juno morreu, me mudei para lá, mas antes morava em Muca.

— É mesmo? Estou surpreso.

— Por que, há algum motivo?

— Você não conheceu nenhum homem com as minhas feições? Não ouviu boatos de um japonês?

— Não sei, morava fora da vila, não conheço essas histórias.

— É mesmo, a época deve ter sido diferente, deixe para lá.

— Têm pessoas que chamam a vila Muca de "vila dos ladrões", pois lá se consegue recuperar o gado e os cavalos roubados. Por isso,

A barca vazia

145

às vezes há brigas entre o dono e o negociante de cavalos. Segundo histórias que contam, mesmo que se mude o sinal marcado a ferro, se o dono chamar o animal pelo nome, seja cavalo ou boi, ele relincha ou muge. Mas mesmo que o antigo dono e o negociante discutam, estes são fora-da-lei e destemidos. Não vão entregar de graça as mercadorias que já passaram pelas mãos de outros negociantes e, no final das contas, quem foi roubado é quem leva o prejuízo. É comum os sem-teto morrerem ou aparecerem mortos no meio do mato, os urubus sobrevoarem ou alguém sair morto em brigas. Quando Juno morreu, ninguém investigou sobre aquela ferida horrível, e as testemunhas deram suas digitais e o enterraram no cemitério do morro de areia amarela. Chamei meu irmão mais novo da terra natal, e desde então, ele mora no mesmo endereço, mas é um preguiçoso.

— E seu relacionamento com Santo começou a partir daí?

— Ah, o patrão? Depois daquilo, os companheiros se espalharam, e há alguns anos ele me visitou, dizendo que se tornaria um pescador um pouco acima desse rio. Ele está bem?

— Não sei, não tenho notícias dele. Santo é desse jeito mesmo.

— Tem razão, é o jeito típico dele.

Inês concordou com tristeza e parecia mergulhada nas lembranças do próprio passado.

Primeiro, eu me apressei em reconstruir a cabana para morarmos. Não era preciso dizer que Inês me ajudou bastante, mas o motivo para ela ficar aqui é que a família que passou a morar provisoriamente na casa dela não queria sair. Com pena deles por não ter aonde ir, Inês pediu minha permissão para ficar aqui.

O fato de ela continuar na cabana enquanto cuidava do pequeno, era de grande ajuda para mim. Mais tarde, a família se mudou, mas Inês ficou por cinco anos, até um pequeno incidente acontecer.

Sobre essa enchente, havia calculado somente os gastos com os danos perceptíveis, ou seja, o tempo de trabalho parado, a perda das ferramentas e os gastos com a reconstrução. Recebi o aviso de um colega que o barco de carga vai voltar a funcionar em breve. Em todo caso, terminei o trabalho da cabana e, para acostumar o corpo, saí de canoa para verificar as condições para pesca.

Após uma enchente daquelas proporções, estava preparado para algumas mudanças. Entretanto, cheguei ao local de confluência do rio principal e a porção de terra que conhecia, ou seja, que saía do rio como se fosse um cabo, assim como a mata de grandes árvores altas que a cobria, desapareceram, e as duas correntezas se chocavam e se avolumavam. Estava perplexo com a superfície do extenso rio lamacento que formava um grande redemoinho. Pensei, a princípio, que havia confundido o lugar, mas minha intuição dizia que aqui era a entrada para o local secreto.

Uma prova irrefutável era a mata nativa da margem oposta, do lado direito. Se virasse a canoa um pouco mais para a esquerda, ela seria levada pela correnteza e deveria ir em direção ao barranco estreito. Mas o que aconteceu? Até aquele barranco de terra vermelha desaparecera. Essa enchente derrubou sem dificuldade grandes árvores e as engoliu, até mesmo aquele bloco de terra não seria páreo para ela se uma correnteza viesse de encontro à parede.

Remei até onde achava ser o local secreto. Seja como for, aquela mata fechada, de folhas e galhos sobrepostos que escurecia até mesmo o dia e reunia em suas profundas entranhas numerosos pintados e bagres, não estava mais lá. Vendo o local onde as ondas se agitavam, refletindo a luz brilhante do sol, continuei perplexo na canoa.

Neste dia, retornei para casa sem saber que havia cometido um grande engano, pois pensava que ainda poderia pescar ali. Por fim, quando recebi o aviso de que o barco de carga voltaria a trabalhar, peguei os acessórios de pesca que preparei e fui trabalhar. No entanto, o local que Santo tanto valorizava e disse ser segredo quando o cedeu para mim, transformou-se em uma ilusão do

A barca vazia

passado. Talvez estivesse enganado por causa dos raios solares que refletiam pela tarde e voltei à noite, mas o resultado foi o mesmo; fui obrigado a abandonar esse local de pesca. Pensei em se tratar de um prenúncio para uma calamidade que ainda viria. É provável que correntezas violentas agitassem a água turva e empurrassem toda a lama do fundo. O vagaroso pintado perdeu a liberdade de movimento, e podia até imaginar suas barrigas amarelas viradas para cima e sendo arrastadas.

Já não aspirava a ter um bom ganho, mas assinei um contrato no qual me comprometia a despachar uma quantidade mínima de pescado para os barcos que vinham. Não gostava de trabalhar por trabalhar, por isso pensei em cancelar o contrato, mas resolvi esperar um pouco mais e, descendo e subindo o rio, tentei pescar no curso principal, ia de três a quatro vezes por dia de canoa e puxava qualquer peixe que fisgasse, mas eles se debatiam demais, e eu também me cansava. De qualquer forma, o trabalho aumentou, mas o ganho diminuiu. Porém, de modo algum eu me queixei para Inês. Parece que ela percebeu o que acontecia e, ao responder à pergunta dela sem esconder nada, ela disse:

— Então parece que minha situação está melhor.

Sendo a boa pessoa que é, sentiu pena.

Respondi, rindo:

— Inês, estou ganhando mais do que você pensa.

— Isso é porque o patrão tinha uma fazenda antes.

— Ah, isso? Fui expulso pela família da minha esposa com uma mão na frente e outra atrás. Tive sorte só por não ter sido internado. É um caso que já terminou, e faço o possível para esquecê-lo. Não é mais problema meu.

— Mesmo assim, foi uma crueldade.

— Não, aqui se faz, aqui se paga.

E Inês se calou então. Ela achou que se intrometer, além disso, seria ultrapassar o bom senso.

Mauro passava o dia todo pelado, mas crescia sem apanhar uma gripe sequer. Criado no campo, era hábil em nadar e subir nas árvores, apesar de ninguém ter ensinado. Além da afeição que tinha por ser meu filho adotivo, também tinha interesse em observar uma criança mestiça de japonês e índio.

Ao recordar da minha infância e dos meus amigos da época de quando frequentava a escola, parecia que tudo era planejado pelos adultos; fui criado para me adaptar a uma única estrutura preestabelecida. Queria destruir um desses pilares, indo contra a vontade deles e fui punido, mas uma família antiga, mesmo que siga o costume dos antepassados ou tente melhorias, é como uma casa antiga; com o passar dos anos, no final das contas não consegue escapar do colapso. Meu pai almejava a liberdade e veio para este país, mas chegando a minha geração, além da completa liberdade, havia perdido tudo.

Mauro seria uma espécie de árvore que nasceu do que restou dessa casa. Ele possui genes diferentes do meu, e havia também o ambiente de uma região remota, a natureza primitiva estava fortemente interiorizada.

Certo dia, ele trouxe preso a uma forca de madeira uma daquelas cobras grossas e venenosas. Inês gritou e eu também me assustei. O bicho comprido tinha o pescoço sufocado e estava sem forças, mas comparado à altura de Mauro, era uma presa muito grande. Já havia dito que se fosse picado poderia morrer, mas a criança possuía o instinto de um mangusto. De qualquer modo, isso era uma façanha dele, tirei o couro e salguei, secando á sombra.

Conforme crescia, não sei o que Mauro pensava de mim, mas pressentiu que Inês não era sua mãe verdadeira e perguntou a ela. Ele parecia desinteressado por coisas abstratas, mas passar a se preocupar com isso é prova de que aos poucos está se desenvolvendo psicologicamente. No registro de nascimento de Mauro, que Santo arranjou, ele consta como filho natural de Eva, mas como

A barca vazia

não fizemos o registro de óbito da mãe, significa que ela poderia estar em algum lugar.

Tinha a intenção de explicar essa situação quando Mauro crescesse mais e tivesse idade para entender os complicados relacionamentos humanos. Obedecia aos conselhos de Santo, que conhecia os costumes dessa região e era experiente sobre a vida. Compreendíamo-nos um ao outro, mas ainda havia uma sutil diferença com meu modo de encarar a vida. Um exemplo disso era em relação a trazer complicações no futuro para nós, pai e filho, mas talvez seja um exagero, a criança era apegada a mim e não precisava fazer disso um problema nesse momento.

Tudo isso teve origem na morte repentina de Eva. Apesar de eu e ela termos vivido juntos por pouco tempo, eu a considerava minha esposa. Queria revelar para Mauro, assim que ele tivesse a idade apropriada, a linhagem da verdadeira mãe, a admirável vida de Eva, o avanço da doença e sua morte durante a viagem. Visitaremos juntos o túmulo dela. Desse modo, mesmo que uma ameaça surja daqui para frente, os dias de pescador passaram sem problemas.

No entanto, um pequeno acidente ocorreu.

Inês girava a manivela do poço quando, por descuido, escorregou a mão, e a manivela, por impulso, girou ao contrário, acertando-a em cheio, e ela caiu no chão. Avisado por Mauro, fui correndo ao local, mas ao tentar levantá-la, Inês gritou de dor. A mulher que era forte em tudo chorava, devia haver algum lugar que doía muito. Dependendo do caso, pode até ser um osso quebrado, mas de qualquer maneira não poderia deixá-la do jeito que estava, por isso estendi um tapete de tecido e, arrastando, consegui por fim trazê-la para baixo do telhado.

Se a movesse, ela chorava, e como era impossível colocá-la na cama sem ajuda, forrei sacos de juta no chão e a fiz descansar por cima. Parece que não doía se ela ficasse deitada e imóvel, por isso achei que fosse um "descadeiramento". Toquei no corpo de Inês pela primeira vez e pressionei algumas partes. O que doía era o local atingido pela manivela, no antebraço, que estava inchado e roxo, e nas costas. Como reclamava sofregamente:

— Me tornei uma inválida.

Eu sorria de propósito e respondia em tom áspero:

— Não se preocupe, você é mais forte do que um touro.

Há muito tempo, na fazenda de meu pai, aconteceu um caso parecido. Um lavrador no início da velhice tentou remover um tronco do chão e caiu sentado, não conseguindo mais se mover. Inês também estava assim, se ficasse deitada por uns dez dias, pensei que se curaria do mau jeito naturalmente. Por precaução, deixei a lâmpada acesa por uma noite. Não consegui dormir de maneira alguma. Cochilei um pouco e ao acordar, já havia amanhecido. A chama, fina e amarela, soltava uma fumaça escura. Saindo da rede, chamei por Inês. E qual meu espanto ao ver que Mauro dormia ao lado da mãe de criação. Espiei de cima, mas o estado dela era estranho. Seu rosto, normalmente marrom claro, estava pálido e os lábios, volumosos e levemente virados estavam escuros, as mãos tremiam e parecia que ela não conseguia falar.

Conclui que em uma noite seu estado de saúde complicou-se. Pensei em preparar logo a canoa e levá-la para o porto S ou, dependendo da situação, descer para a cidade P.

— O que foi, Inês? Está doendo? Como está se sentindo?

— Não estou sentindo nada em particular.

Mesmo nessas condições, quando eu perguntava, ela respondia como um gatinho que acabou de chegar, afastando-se da comida que lhe deram.

— Inês, diga se está doendo ou se estiver passando mal, vou dar um jeito nisso.

— Eu sei. É que não estou conseguindo segurar mais.

— O que está segurando?

— O xixi.

A barca vazia

Era isso? Tive vontade de rir. Estava tão tenso que só consegui controlar o riso por causa da expressão de sofrimento dela. O que me veio primeiro à cabeça foi um penico, mas por aqui esse tipo de utensílio servia apenas como motivo para piadas. Era uma região na qual as pessoas perdiam a vida com facilidade, pois até mesmo remédios essenciais faltavam.

— Inês, faça do jeito que está, se molhar, eu troco. É natural, pois você não consegue se mexer. Não precisa ficar envergonhada.

— Não senhor.

Ela balançou a cabeça em sinal negativo. Pediu para levá-la para fora. Enquanto isso, Mauro acordou:

— O que foi, Inês, ainda não consegue se levantar?

E assim, formou-se uma grande confusão.

— Bom, não há outro jeito.

Fazendo a vontade, levei-a até a sombra de uma goiabeira, mas ela, teimosa, disse que não conseguiria fazer deitada. E então, conforme ela queria e misturada a um pouco de maldade, pendurei uma corda em um dos galhos na altura apropriada para que ela conseguisse alcançar. Inês pendurou-se e levantou. Ouvi dizer que no interior, mais ao norte, as índias pariam as crianças nessa posição. Apressando Mauro, voltamos para a cabana. E logo em seguida, ouvi os gemidos de Inês.

— Ai, aiii!

Como a criança nunca tinha ouvido uma voz tão lamentosa da mãe adotiva, por pouco não correu até lá, com uma expressão preocupada, mas eu o impedi, segurando seu braço.

Não sei o que ele entendeu quando me viu rindo, mas retribuir o sorriso era sinal de que se convenceu, com sua mente de criança, que não precisava se preocupar. Depois de algum tempo, Inês chamou Mauro com uma voz dengosa. Deixei a criança ir, quando voltou, transmitiu o recado dela: disse que já havia terminado e pediu para eu ir até lá.

Em todo caso, de duas a três vezes por dia era uma confusão, mas a dor lombar de Inês desaparecia a cada dia e já conseguia fazer suas necessidades sozinha. Já que foi apenas o músculo das costas que se deslocou, ela se recuperou em pouco tempo. Como sequela, não podia mais ficar em posição ereta.

Depois desse acontecimento, uma sutil transformação aconteceu em nosso cotidiano. Para Inês, talvez seja porque a vi em uma situação embaraçosa e esteja envergonhada, mas também poderia vir de uma consciência mais profunda.

Entre mim e ela havia o filho de Eva, e morávamos na mesma casa por esses anos como uma família. Durante esse período, houve os seis meses morando com Marta e a mudança temporária devido à epidemia após a enchente; antes que percebesse, muitos anos haviam se passado. Para Santo, apresentar Inês como a mãe de criação de Mauro teria a intenção de, no futuro, juntar-me a uma viúva sem a quem recorrer? Mesmo que ela sentisse algo por mim, sendo uma pessoa de costumes conservadores, teve o cuidado em esconder o que queria. Só não ultrapassamos a barreira entre empregador e empregada, porque tínhamos muita diferença de idade, como também faltava nela algo que me impressionasse como alguém do sexo oposto, um convite irresistível ao desconhecido. Além disso, o que obrigou a me controlar foi o amargo fracasso com as duas mulheres. Ainda estava preso por correias que me impediam de fugir.

Porém, nós não passamos os dias com uma sensação incômoda. Eu não tinha um temperamento fechado e de certo modo eu era brincalhão, sempre a fazia rir. Mas não tinha outra opção a não ser esconder esses relacionamentos naturais entre um homem e uma mulher. Durante esse tempo, ela recusou terminantemente meus cuidados mesmo não conseguindo se mover, o que poderia ser a outra face do ressentimento.

Após um mês evitando os trabalhos pesados, Inês estava recuperada. No entanto, ela disse: "Mesmo que trabalhasse, não há muito o que fazer aqui, e se for apenas para cuidar da criança, quero aproveitar e voltar para minha casa em porto S, vazia há tanto tempo". A princípio, fugimos para esse pesqueiro para evitar o tifo que surgiu após a enchente, mas assim que a doença contagiosa foi controlada, ela poderia ter voltado para casa. Porém, passaram-se cinco anos sem que percebêssemos e esta é a prova de que o tempo, nesta região desolada, passa muito rápido.

Observando o crescimento de Mauro, eu só poderia concordar; a criança já não precisava mais de cuidados de uma babá. Ele poderia se tornar meu ajudante, mas gostaria de que, diferente de mim, ele saísse para o mundo. Era difícil abrir mão da criança, mas resolvi deixar Mauro acompanhar Inês. Ele já tinha idade para começar a estudar.

A enchente não trouxe apenas desastre para o porto S. O governo estadual liberou verbas para a reconstrução, e o cais apodrecido foi substituído por um novo, além de a avenida ter sido restaurada. Muitos proprietários ofereciam trabalho e, em busca de emprego, pessoas começaram a se mudar para o porto; habitações improvisadas foram construídas em terrenos baldios, enquanto outras procuravam casas para alugar. O porto S não passava de uma vila rural à beira-rio, mas sua localização não era ruim, e se houvesse incentivo, haveria a possibilidade de se desenvolver em um grande porto. Com isso, eu não teria qualquer lucro, mas Inês possuía o terreno que o falecido marido deixou, ela poderia construir um conjunto de casas simples e contíguas e alugá-las. Um dia comentei sobre isso com ela:

— Se conseguisse, seria bom. Depois que minhas costas ficarem tortas, não precisarei passar fome.

— Quem disse que você vai passar por isso? Se tiver o aluguel destas casas, lógico que será mais confortável.

— Tem razão. Mas, patrão, e o dinheiro, quem nunca lidou com isso...

No banco da cidade P, Inês tinha economias suficientes para construir as casas. Quando paguei seu primeiro salário, ela pediu para eu guardar. Sozinho, e não sabendo o que poderia acontecer amanhã, não podia guardar o dinheiro de outros, mas ela não tinha interesse em bancos, achava que era trabalho de judeus desconfiados, que o dinheiro depositado nunca mais voltaria e hesitou em abrir uma conta. Mas, por fim, eu a tranquilizei e ensinei a assinar o nome: Inês de Silva Oliveira. A princípio, ela torcia os lábios, mexia o corpo e mãos, treinando por cima de um modelo, e conseguiu escrever depois de um mês. Além disso, estudava um pouco com Mauro, depois do jantar, aprendendo a ler e a escrever em uma cartilha de nível básico.

Inês voltou para o porto S e como suas amigas Maria, Júlia e Linda eram analfabetas, ela estava orgulhosa. Ainda por cima, poderia emitir cheques do banco.

Inês contou ao irmão sobre a ideia. O faz-tudo disse que cobraria bem barato, por ser um trabalho para sua irmã, e pediu que deixasse o trabalho por conta dele. Apesar de não ser um profissional, João tinha a habilidade para construir uma casa térrea empilhando tijolos.

Com a permissão de Inês, projetei um conjunto com quatro casas contíguas. Perguntei para o velho Bento, da loja de ferragens, sobre os custos e os materiais.

Eu não era contra contratar João. Restava apenas acertar sobre o valor e a forma de pagamento. Como Inês disse que eu poderia resolver tudo, tinha uma responsabilidade.

— Então vamos fazer desse jeito — ele disse. Juntando o material e a mão de obra, pague tudo adiantado. É um trabalho para minha irmã e vou fazer barato.

Como um cálculo complicado era difícil para sua cabeça, ele disse como se tomasse uma decisão:

— Patrão. Resolvemos por cinco mil.

A barca vazia

Esse tipo de homem costuma ser contratado por um preço ínfimo, atraindo com a lábia um valor alto que nem mesmo ele sabia avaliar. Deve ter ouvido do velho do bar Cascudo (apelido dado porque ele é duro de engolir), além de ser um valor falso, era uma tentativa para dar um golpe, escondendo sua ganância. Tanto fazia se conseguisse fisgar ou não, primeiro tentaria lançar a rede, um método sem vergonha e de má fé. Já que é assim, eu também tenho um plano. Tinha feito um orçamento atraente, mas disse o valor mais baixo possível.

— Desse jeito não dá nem para pagar. Pela metade. O valor é cruel.

Homens como João, quando veem que o oponente é fraco, logo tentam se impor. Por outro lado, para os fortes, são apenas réplicas, uma das sabedorias da vida, é assim que vivem.

— Não vai fazer? Então que tal contratar o Quinca ou o Chico?

— Não foi esse o combinado. Quem está me contratando é a mana Inês.

— Quer que eu desista? Estou cuidando do assunto porque ela me pediu, mas não estou fazendo por obrigação. Então vá você negociar com Inês.

— Patrão, deixe disso. Para ela, você tem a confiança de um anjo da guarda.

— Pense antes de falar, pois caiu na cova que você mesmo cavou. Vou dar mais trezentos. É o dinheiro de Inês, de quem você sempre recebe favores. E faça o trabalho direito.

— Sim, por minha mulher e minhas filhas, faço até acordo com o capeta, já acabou até o arroz e o óleo em casa.

Não tinha a intenção de levá-lo a sério. Contudo, havia um motivo para não entregar esse trabalho para outros. Se eu não o pressionasse agora, sabia que a casa de Inês não seria construída.

— É porque você bebe tudo lá no Cascudo.

João fez uma cara apática e virou o rosto, abria a boca com uma expressão aparvalhada, que nem compreendia se com este trabalho ganharia ou não dinheiro. Arrastando João contra a vontade, fomos até a loja de Luís, e o fiz pôr a digital em um contrato. Mais adiante, isso foi útil. Apesar de muitas vezes necessárias, ele construiu o conjunto com as quatro casas. Mesmo que eu falasse com dureza, só da boca para fora, pensei ter dado a João grandes benefícios, mas pelo contrário, acabei comprando um profundo ódio dele, que até dias depois, desconhecia.

Ao relembrar, depois de tantos anos, essas memórias e pensar que uma grande parte delas foi constituída em poucos dias, e que por outro lado, um longo período de quatro ou cinco anos foi completamente esquecido, o incidente que mudou o rumo da minha vida, ou os fatos que vinham à tona vagos como uma distante névoa, bem como acontecimentos que não teriam importância no cotidiano, às vezes retornavam como uma nítida impressão.

Desde aquela grande enchente em que Inês machucou as costas até ela retornar para sua casa, o período em que ficou apagado na minha memória seria prova de que aqueles dias foram pacíficos.

Inês tornou-se dona de um conjunto de quatro casas contíguas e, embora modesta, recebia um aluguel. Nesse ano, Mauro terminaria a escola básica em porto S. Era alto, maduro para sua idade e talvez sua atitude de olhar em pé de igualdade com os adultos seja porque a mãe adotiva o tenha mimado.

No entanto, desde essa época, Inês passou a reclamar de sintomas de indisposição. A cor do rosto tornou-se um marrom pálido e o corpo inchou. Recomendei que fosse uma vez se consultar com um bom médico na cidade P, porém ela sequer concordava. Ao me aconselhar com o farmacêutico Luís, ele suspeitava que fossem problemas nos rins.

Inês acreditava, de modo teimoso, em que a cura da doença dependia da vontade de Deus, e que os médicos enganavam os doentes pobres, feito ladrões, deixando-os sem um tostão, por isso ela não dava ouvidos para meus conselhos. Tive pena ao vê-la

A barca vazia

157

tomar infusão de barba de milho e folhas de abacate, acreditando na medicina popular, que dizia que funcionavam contra essa doença. Contudo, não se viam os efeitos, e a doença agravava aos poucos para um resultado inevitável.

Disse a Mauro para ajudar a mãe de criação nas pequenas tarefas, mas como tinha meu próprio trabalho, mal conseguia visitá-los a cada dez dias. Eu passava na farmácia quando a visitava, pois a teimosa tomava as injeções do Luís. Ele disse que a enferma desmaiou uma vez e o chamaram. Disse também que, como começou a aparecer uremia, se tivesse algo que ela quisesse deixar, era melhor não perder tempo; assim mostrava sua preocupação como tabelião.

Enquanto refletia sobre o conselho de Luís, subia o caminho para a casa da doente. Não tinha interesse na herança de Inês, seria inútil; ela deixaria a herança para o irmão, João. Além disso, não sabia como abordar a questão do testamento. Seja como for, era gratificante que conseguisse conversar com a agonizante Inês, de espírito tranquilo e compreensivo. "Sim, então Inês ia vestir a mortalha". Fui tomado pelo apego dos que ficam e sem querer algo ficou preso na garganta.

Ainda indeciso quanto ao testamento, cheguei à casa de Inês. A doente ficou contente com minha visita, sentou-se e encostou-se na cabeceira da cama. À primeira vista, não parecia ser uma enferma com tal gravidade. Porém, ela falou tímida:

— Patrão. Trabalhei muito tempo para o senhor, mas desta vez o chamado de Deus está próximo...

— Que tolice! Está corada e tomando injeções, logo melhorará.

Tentei animá-la, mas como eram palavras superficiais de consolo, soaram desanimadas.

— Eu sei, conheço meu estado mais do que ninguém. Bem, patrão, deixarei todos os meus bens imóveis para o Mauro. Peça para o senhor Luís providenciar os documentos, enquanto minha cabeça ainda está lúcida.

A questão delicada se resolveu porque Inês tocou no assunto antes. No entanto, surpreendi-me com o conteúdo de seu testamento. Pensei que deixaria todas as propriedades para o João e, por mais que a mãe de criação amasse Mauro, na melhor das hipóteses deixaria alguma coisa para recordação. Inês notou minha surpresa:

— Se deixar para meu irmão, sei que gastará tudo no bar Cascudo ou será trapaceado. Mauro ainda não é adulto, por isso o patrão será seu tutor. Meu irmão ainda tem a esposa e as filhas, por isso deixe-o morar onde está agora e cuide deles, por favor.

Assim disse e rompeu em choro.

Em lágrimas, Inês falou para me apressar e, na presença de Luís, o testamento foi feito.

Após três dias, Inês de Silva Oliveira morreu. Tinha 53 anos.

Ausente na morte da irmã, João, que soube no velório do testamento de Inês, embebedou-se em honra da falecida e gritou, descontrolando-se de raiva:

— A herança da minha irmã vai para aquele faminto? Por quê? Ele não tem nenhum laço de sangue com ela! Me excluiu! Foi enganada! Envenenada, não sabia de nada, e a fizeram assinar. Esse pedaço de papel não vale nada!

E no fim das lamentações, começou a atirar as louças e teve de ser levado embora pelos vizinhos.

O enterro de Inês terminou e, no dia em que ia voltar para o pesqueiro, fui pego pela mulher de João, Cláudia, e tive que ouvir suas lamúrias: "Não tendo nenhuma perspectiva de emprego para o meu marido, dei à luz seis crianças, quatro morreram e as duas filhas restantes, de que jeito vamos viver? Inês ajudava muito, além disso, lavei roupa para outras famílias, fui diarista, sempre dei um jeito, mas agora que minha cunhada morreu, com quem vou contar? Meu marido disse aquelas ofensas, mas ele está arrependido; estamos gratos que tenha pelo menos uma casa para morar".

A barca vazia

159

Assim reclamou muito. Pensando no que ela queria que eu fizesse, ela pediu para tomar conta de Mauro. Cobiçava o aluguel. Não me agradava deixar Mauro com uma família sem Inês, mas não tinha nenhum conhecido com quem pudesse deixar a criança. Faltava apenas meio ano para terminar a escola e, como as filhas de João eram amigas de infância de Mauro, eu aceitei o pedido de Cláudia.

Carma

Terminando a escola primária em porto S, Mauro voltou para o pesqueiro. Ele deve ter seus planos, pois não quis continuar os estudos e disse que queria se tornar meu ajudante. Não tinha a intenção de rebaixar a profissão de pescador como insignificante, mas também não era uma profissão desejável. Por ter sofrido no passado de uma crise nervosa, a vida natural dessa região era adequada para passar o restante de minha vida. Contudo, não pensava em trazer meu filho para esse tipo de vida. Se tivesse talento, gostaria que o desenvolvesse ou poderia sair para o vasto mundo. Por outro lado, se houvesse alguém mais jovem me auxiliando, seria de grande ajuda. Assim, pensei em pôr em prática um projeto antigo.

Resolvi recuperar o local de pesca devastado pela enchente, construindo-o um pouco adiante da entrada do rio. Após o desastre, apesar de pequenos, ainda conseguia pescar pintados. Se cavasse um poço para puxar a água do rio, jogando ração e, se esperasse com paciência pela reprodução, haveria a possibilidade de se tornar um bom local para a pesca. No entanto, Mauro não estava entusiasmado em se dedicar ao trabalho, apesar de ter sido sua vontade. Bastava um olhar para ver que sua mente estava longe do serviço e distraído. A partir daí, notei que ele se tornara mais viril. Fiquei perplexo com a possibilidade de que um garoto de catorze anos fosse capaz.

Uma das características dos trópicos é o rápido desenvolvimento das plantas e dos animais. Os humanos também não são exceção, e dizem que uma menina de uns dez anos já pode dar à luz. Mas a velhice chega num piscar de olhos. Havia alguns fatos que me faziam crer que essas ideias a respeito de Mauro não eram infundadas.

Ainda imaturo, tanto física quanto psicologicamente, se conhecesse o outro sexo com precocidade, se tornaria uma pessoa que viveria apenas pelos costumes da vida mundana, consumiria sua vitalidade e afundaria na poça do muco da paixão. Deixaria de conhecer o sonho de tentar se elevar aos céus e a alegria de buscar a verdade desejada com penoso esforço, passo a passo. Ao ver suas atitudes, notei o comportamento de um garoto que já conheceu o que os adultos escondiam.

No passado, tinha um amigo assim. Era respeitado pelas pessoas à sua volta, mas dizem que quanto mais cedo conhece, mais coisas perdem. Suspeitei de Mauro, mas isso difamaria Inês. Porém, o menino foi criado próximo da mãe (de criação) até mais tarde do que as outras crianças. Nas noites frias de inverno, quando uma coberta fina era insuficiente, os dois não dormiriam no mesmo quarto e abraçados um ao outro?

Aquilo aconteceu antes de Inês machucar as costas. Por algum motivo, ela me chamou. Da janela aberta da cabana, inúmeros feixes de luz da manhã passavam pelas folhas da mata nativa e espalhavam desenhos de arabescos de luz e sombra no chão de terra. Era um quarto rústico, de paredes de barro e sem mobília, mas que tinha um quê de um velho altar de algum lugar. Notei uma expressão diferente em Inês.

— O que foi? Parece bem contente pela manhã.

— Patrão, veja.

Inês apontou com o olhar para me indicar. Quando vi, a criança estava em cima da cama de palha, dormindo com a coberta chutada, mas seu pênis estava ereto.

— É sempre desse jeito. Quando se tornar adulto, quantas mulheres ele vai fazer chorar?

— Para uma criança, é muito atrevido.

Eu queria rir alto, mas segurando o riso, saí do quarto. Terminando o trabalho do dia, gargalhei com Inês durante o jantar.

Depois que voltaram ao porto S, Inês adoeceu e chamou Mauro para cuidar dela, portanto dividirem a cama não era algo impossível. Quando ela morreu, o desespero de Mauro se parecia mais com a despedida de um amante do que de um filho, mas será que não exagerei nas minhas suspeitas?

Nesse ano, tinha início a disputa eleitoral para prefeito de porto S. O porto ficava sob jurisdição da cidade SC. Quando essa região se tornou um município, o porto não passava de um povoado, com cerca de dez casas habitadas por nativos. Por isso sua prefeitura se localizava na vila SC (hoje bairro), à beira da estrada por onde passavam os vaqueiros. De porto S, havia três vereadores. Um deles era Américo, o dono da fábrica de tijolos, que era apoiado pelo chefão do bairro SC, Otávio. Contudo, nos últimos anos, as casas aumentaram repentinamente, tanto que ultrapassaram a vila dos vaqueiros, onde fica a prefeitura. Assim, o grupo insatisfeito com a distribuição do orçamento começou a apoiar Luís, o dono da farmácia, como prefeito. Américo se tornara inimigo do farmacêutico, mas Luís tinha boa reputação em porto S. Na época da inundação, ele trabalhou bastante para a comunidade; por outro lado, o também vereador Américo teve sua fábrica invadida pela água e tinha que cuidar de sua propriedade, não conseguindo agir como Luís.

Além disso, as telhas de péssima qualidade acabaram com a reputação de Américo. Isto é, as telhas saídas da fábrica de Américo, todas elas, depois de alguns dias mergulhadas em água, derreteram como cinzas.

Era uma enchente de grandes proporções. Havia o rumor de que a força da enxurrada arrastou as telhas, mas uma parte das pessoas, mais emotivas, passou a odiar Américo e, mesmo sendo caras, passaram a usar uma marca de telhas do sul. Essas telhas também foram arrancadas e caíram, mas ainda podiam ser reutilizadas.

A água da enchente baixou, e quem logo reabriu as portas foi o bar de Cascudo. Havia trabalho braçal em qualquer lugar e, de uma hora para outra, tornou-se o local onde se reuniam homens cheios de grana no bolso. Sobre essa grande inundação, não faltavam assuntos reais ou absurdos inventados, sendo imprescindíveis como o petisco da bebida.

A barca vazia

Foi aí que o velho Guido, forneiro de Américo, apareceu. E logo o mecânico bêbado, Luca, começou:

— Ei Guido, até que você conseguiu queimar aquelas telhas feitas de cinzas. Com a chuva, foi sorte você não ter derretido.

— Feitas de cinza? Não diga tolices!

— Vai me dizer que foram feitas de argila e bem queimadas?

— Pode não parecer, mas desde a época em que fui moleque, era um artesão habilitado pela fábrica de telhas do sul, não sou um faz-tudo como você. Veja essas mãos, trabalhando tanto tempo com o fogo, elas encolhem e entortam. Além disso, as telhas que faço, sem modéstia, até um homem gigante pode pisar que não quebram.

— Então por que só de molhar elas sumiram?

— Isso foi ordem do chefe, não tive outra escolha. A argila daqui não é ruim, mas quando pedi por mais um carregamento de lenha, ele não aceitou, e não tive o que fazer.

— Então, você e o Américo, mesmo sabendo, venderam telhas mal queimadas?

— Bem, acho que se pode dizer isso. Se fosse moço, eu não trabalharia nem um dia para um chefe de quem eu não gosto, mas ficando velho, tornei-me um inútil. Se eu sair de lá, aonde mais vão me empregar?

— Velho, só está sendo egoísta.

— Não fique tão bravo, mesmo sendo mal queimadas, se não chover por muito tempo, vão aguentar. Mas se molharem por vinte dias, isso será uma calamidade natural.

— Hum, não quero ouvir desculpas esfarrapadas. Nessa eleição, não votarei no Américo e nem no Otávio.

— Ei mecânico. Não fale mal dos dois aqui.

De trás do balcão, Cascudo alertou.

Dependendo do lugar, a popularidade das duas facções variava, mas eu não tinha nenhum interesse seja quem fosse o prefeito dessa terra desolada. Uma aposta era motivo de festa e, no interior com poucas festividades, as eleições, que animavam a cada tantos anos, divertiam as pessoas. Na época em que os barcos de carga traziam esses tipos de notícias do rio abaixo, o dono da farmácia e candidato a prefeito, Luís, veio me visitar, inesperadamente. Encostando o bote à margem, bateu palmas na frente da minha cabana, acompanhado por dois guarda-costas. Depois de verificar quem era o visitante, recebi-os vestindo apenas um calção. Ele deve ter pensado que isso fosse natural para um pescador e deve ter se espantado com a pobreza da casa em que entrou.

— Bem, Mário do pintado. Não, desculpe. Era o senhor Tsugushi Jinzai, não é? Tenho um favor a pedir e por isso vim.

Um pedido feito em tom formal, só poderia ser para apoiá-lo, já que se candidatou a prefeito. Os moradores das redondezas do porto reconheciam o quanto havia trabalhado após a enchente. Disse que gostaria que eu me tornasse seu ajudante. Se for eleito, prometeu-me um cargo. Não aceitaria nenhuma função, pois ele me ajudou com Inês e me tratava como um amigo com quem poderia contar, portanto não pude recusar.

Mesmo em uma região de pouca população como essa, sua extensão era grande e, pedindo por votos, subimos o afluente, percorremos trilhas a cavalo e dissemos coisas que agradassem as pessoas; houve vezes em que fomos até o bairro SC para fazer comícios. A popularidade de Luís era grande, mas quando a guerra eleitoral se acirrou, aumentaram os dias em que eu parava no escritório de Luís. Por esse motivo, pensei em suspender a pesca, mas Mauro guardou o pesqueiro e conseguiu entregar a quantidade necessária de mercadoria. Ambas as facções planejavam atrair eleitores com promessas, mas aos poucos as propagandas se tornaram ofensivas e agrediam a vida pessoal do oponente. Nessa briga, que não se importava em atingir quem fosse, fiquei enojado por ter participado dessa eleição. Queria que essa disputa acabasse o mais rápido possível. No entanto, uma pessoa me alertou que um estranho boato a meu respeito começou a circular. Eram ofensas dirigidas a mim, considerado o braço direito

A barca vazia

de Luís: "Dizem que Santo foi vaqueiro antes, mas não um vaqueiro comum, muitas pessoas sabiam disso. Velho, retirou-se do trabalho e nesta terra se tornou pescador, escondendo sua identidade. Todavia, não se sabe o que aconteceu e por qual razão passou o pesqueiro para um andarilho e desapareceu. O velho não entregaria tão fácil os direitos desse pesqueiro, que era o melhor de todo o rio. Será que um criador de porcos da fazenda dos Dias teria tanto dinheiro assim?".

Em todo caso, poderia afirmar que esse boato vinha de quem conhecia bem o meu passado e o espalhou. Além disso, voltando para a cabana depois de ter um dia de folga, soube que Mauro e uma pessoa preocupante tiveram contato. O homem que meu filho encontrou usava chapéu de palha e óculos *Ray-ban*, por isso não conseguiu ver bem sua fisionomia, mas disse que tinha um bigode branco e sujo, quer dizer que Mauro deve ter observado bastante.

— O pai está?

O homem perguntou, sem preâmbulos. Ao dizer que não estava, ele disse: "É mesmo?" E continuou:

— Você é o filho dele, Mauro?

O menino concordou e, após um intervalo de tempo, esse homem perguntou:

— E o que houve com sua mãe?

— Não sei onde ela está.

E ao responder, o velho assentiu com a cabeça e, sem dizer para que veio, partiu, descendo o rio em uma canoa com motor.

Esse visitante sabia de antemão da minha ausência, sabia que éramos pai e filho ao chamar pelos nomes e investigava notícias sobre Eva. Suspeitei que fosse alguém que vinha vigiando pela sombra. Desconfiando de alguém do passado, o nome de Mansaku passou pela minha mente, mas não tinha notícias dele nesses últimos dez anos. Não poderia ser, mas também não poderia refutar a possibilidade. Mauro não estaria escondendo outros assuntos que conversou com esse homem? Seja como for, resolvi esperar um pouco para pensar em um plano.

Desde essa época, Mauro passou a revelar de modo estranho saudades da mãe biológica (Eva). Seu afeto pela mãe teria aumentado, imaginando que ela ainda estivesse viva em algum lugar? Até perguntou para mim se não havia uma foto de lembrança dela.

— Pai, não acha que a filha mais velha do tio João é parecida com a mãe?

— Quem disse uma coisa dessas para você?

Sem querer, questionei-o com uma expressão severa:

— Não, eu apenas imaginei.

Meu filho, atrapalhado, completou. Por falar nisso, Pâmela (filha de João) lembrava os traços físicos de Eva. Contudo, sua personalidade era muito diferente.

Desde a infância, Eva, sob um destino cruel, foi como um coelho que teve a pele arrancada. Forçaram-na ao caminho do pecado e foi tratada como um brinquedo. Mas era um mal vindo dos outros, ela mesma não perdeu a humildade para aceitar com resignação e agarrar-se a uma salvação, se houvesse, e a manter a pureza de coração.

Pâmela deveria ter uns catorze anos. Já se via a natureza volúvel de uma mulher amadurecida. Na casa em que se instalava todo o tipo possível de maldade — a baixaria dos pais, a violência de João, os choros e gritos da mãe, o alcoolismo do pai, as artimanhas e reclamações —, ela alcançou a idade fértil.

Com os boatos em porto S e o olhar de desconfiança de Mauro, de repente, meu passado e o de Eva tornaram-se alvo da curiosidade das pessoas, e eu não podia ignorá-las.

Vinha adiando contar a morte de Eva até que meu filho tivesse maturidade suficiente para compreender, mas sabia que aos poucos o momento para contar a verdade se aproximava.

Luís ganhou as eleições para o cargo de próximo prefeito. Assim, as calúnias contra ele cessaram naturalmente e em sua loja misturavam-se aliados e traidores, como uma cidade. Ele ficou atarefado demais preparando sua posse, então, chegou ao cartório

A barca vazia

um jovem escrevente desconhecido. No futuro, Luís mudaria de residência para o bairro SC, onde se localizava a sede administrativa.

Eu não tinha interesse em quem se tornasse prefeito. Trabalhei como ajudante de Luís porque ele pediu e não tinha a menor intenção de me juntar a ele e pedir por algum favor. Após a comemoração da vitória, não me encontrei mais com ele. O farmacêutico poderia me esquecer, e eu tinha a intenção de desaparecer sem avisar ninguém quando deixasse esse pesqueiro um dia.

Seja como for, estava cansado. Pode ser por causa dessa fraqueza, mas sonhei com Eva. Fiquei preocupado quando o sonho repetiu por duas, três vezes. Ainda não fui nenhuma vez conferir o local onde ela foi sepultada.

— Tornei o paradeiro de Eva desconhecido.

Santo me dissera e, uma vez que concordei com isso, visitar o local onde ela estava enterrada parecia quebrar um preceito religioso. Contudo, recebi a notícia certa de que Santo morreu e como não poderia esconder a notícia de Mauro para sempre, um dia, decidido, tentei subir o afluente de canoa. Calculei que seria rápido indo de motor, mas foi uma surpresa chegar em um instante. A distância que guardava na memória se reduziu a apenas um terço na realidade, era um local que se poderia chamar de vizinha. Na época, a terra deserta e inabitada que não tinha a quem recorrer por ajuda, hoje se espalhavam casas de agricultores na encosta da colina e ao seu pé.

Indo de canoa até a torre de transmissão de energia, fiquei perplexo. O aspecto da região mudou completamente, o banco de areia que passamos a noite ao relento sumiu, e o barranco que nos protegeu do vento e do frio da noite também desapareceu. A pedra redonda que servia de fundação para a torre de ferro permanecia do mesmo jeito, mas talvez o nível da água tenha subido e a pedra pareça menor.

Como esqueceria o lugar em que enterrei Eva? Eu me posicionei ao norte e, da linha que coincidia com o pé esquerdo da torre e seu correspondente da frente, recuando vinte passos. No entanto, o local estava tomado pela água, e eu flutuava com a canoa.

Uma sutil transformação ocorreu em nossa relação de pai e filho. Era claro, pelo modo como agia no cotidiano, que Mauro se afastava de mim. Talvez fosse uma rebeldia momentânea, por causa da idade. Sentia pelas costas, mesmo quando estávamos pescando, o olhar de suspeita que meu filho lançava.

Por falar nisso, as idas de Mauro ao porto S se tornaram frequentes. Como descansávamos no domingo, deixava-o usar a canoa. Antes, navegava apenas por perto, mas aos poucos ele começou a voltar à noite. Em princípio, suas idas ao porto S tinham motivos compreensíveis, pois ele tinha alguns assuntos a tratar, mas certo orgulho espreitava suas palavras quando falava do terreno e da casa que herdou; Mauro estava sendo envenenado por alguém que o queria tomar por parente, já que esse tipo de sinal aos poucos começou a aparecer em suas atitudes.

Estava apreensivo com o fato de Mauro se tornar íntimo da família de João. E essa preocupação aumentou ainda mais depois que Inês se foi.

A festa do santo padroeiro era uma das festividades anuais de porto S. Na tarde de sábado, Mauro pediu para usar a canoa, e permiti desde que ele voltasse, no mais tardar, até o anoitecer do dia seguinte.

No entanto, nesse dia, já estava escuro e ele ainda não havia retornado. Uma preocupação de que algum acidente poderia ter acontecido passou pela minha cabeça. Sem a canoa que Mauro levou, não poderia pescar no rio, e principalmente, não poderia preparar a mercadoria prometida ao barco de carga que viria no dia combinado. Caso acontecesse algo e não pudesse entregar a carga, tinha a obrigação de avisar com antecedência os companheiros de trabalho rio abaixo.

Quando imaginei que Mauro sabia de tudo isso e havia aceitado a condição ao levar a canoa, minha irritação aos poucos se intensificou, eu batia os pés no chão com força. A única maneira de ir até o porto S para ver o que aconteceu seria usar a pequena canoa que, após a enchente, fabriquei nos meus dias de folga; uma embarcação com boa estabilidade, mas que lembrava uma mulher de nádegas gordas. Remando, levaria seis horas para descer o rio. Não conseguia dormir. Enquanto balançava na rede, em meio ao silêncio, aguçava os ouvidos para captar algum ruído distante de motor, mas foi inútil.

O grande rio que corre pela mata nativa da região, dependendo da hora do dia, mudava sua face. No entardecer, a correnteza parecia um tanto cansada, na entrada para a noite havia barulho de água quando grandes peixes pulavam e lontras procuravam suas presas. Em noite sem lua, a hora avançava e as corujas voavam, os gritos agudos das águias noturnas ecoavam entre as profundezas das árvores, nas sombras. Depois disso, a mata nativa se silenciava e a escuridão gradualmente aumentava; das moitas, o som dos insetos me deixava ainda mais inquieto. Ao escurecer, a grande estrela acima das árvores do outro lado da margem baixou. Sob o céu estrelado, o rio parecia um tecido branco, dividido pela densa mata negra e estendia-se até o infinito. Resoluto, decidi pegar a canoa.

Por mais que a mente se apressasse, a descida do rio com um remo é limitada. Aproveitando a oportunidade, pensei em proibir as idas de Mauro ao porto S. Dependendo da situação, poderíamos mudar para outro lugar. Nossa relação chegou a um divisor. Se não resolvesse essa situação, os laços de pai e filho poderiam se romper; tranquilizei meus nervos agitados diante dessa ameaça.

Ao pensar com objetividade sobre minha posição nesse caso, ou melhor, como meu filho me via, um fato inesperado veio à mente. Fui um substituto de seus pais, sem dúvida. Mauro também reconhecia isso e, no entanto, se não reconhecesse uma questão moral e humana, um pai adotivo não passaria de um símbolo, sem qualquer valor. No registro de nascimento de Mauro consta como filho sem pai de Eva, meu nome não está em lugar algum. Tudo isso teve origem com a morte inesperada de Eva. Então, Mauro já estaria angustiado pensando em quem seria seu pai verdadeiro. Além disso, lembrei que, se o velho de barba branca que veio dias atrás fosse Mansaku, por que teria vindo? Para avisá-lo que era seu pai verdadeiro? Mauro já sabia?

Ou ainda, as frequentes idas ao porto S eram um plano do ardiloso e vulgar João? Ao conjecturar sobre tudo isso, pensei se Mansaku e João não poderiam ser velhos amigos. Talvez o plano dos dois sobre Mauro fosse diferente, mas seja qual for, não havia dúvidas de que era um convite para o mal.

Sem perceber quando, a luz das estrelas diminuiu. A canoa descia o rio pelo amanhecer. Para melhorar a navegação, às vezes remava. Uma forte neblina se formou na superfície do rio. Minha jaqueta ficou úmida e gotas de água acumularam-se em minhas sobrancelhas. Remando a canoa, cortando por entre a visão cor de leite, ouvi cantos de galo e latidos de cachorro. Finalmente cheguei ao porto S.

Como sempre, amarrei a canoa ao lado do empório do pai Albino. O dono era um homem grande de aparência estranha, com um nariz vermelho. Além de ser o delegado interino, era um dos companheiros que apoiaram Luís nas eleições.

— Já veio? Que rápido!

— Aconteceu alguma coisa?

— Não poderia ser outra. Seu filho Mauro, não é? Na véspera da festa, a canoa motorizada foi roubada, e ele fez o maior alarde.

— O quê? Ele não deixou a canoa com o senhor? Disse para fazer isso.

— Nem precisa se preocupar com as coisas deixadas aqui pelos clientes mais fiéis. Alguma vez aconteceu algo errado?

E o delegado se vangloriou.

— Anteontem foi a véspera da festa no bar do Cascudo, promoveram baderna a noite toda. Não sei que tipo de acordo fizeram; eu também estou investigando, mas não há provas.

A barca vazia

Agradeci ao delegado e me despedi. Com o tal ocorrido, Mauro não poderia voltar para casa. O prejuízo com o roubo não era pequeno, mas não vou culpá-lo pelo seu deslize. Entretanto, era a primeira vez que ouvia sobre um barco roubado nesse rio. As canoas possuem suas próprias características e, a não ser que sejam destruídas, logo se sabe a quem pertenciam. Não poderiam usar a embarcação nesse rio e nem achar um comprador. Mas se o objetivo era outro, ou seja, provocar uma intriga para que eu culpe Mauro, não posso deixá-lo no meio dessa gente, eu deveria prever o que estava por trás da mente dessas pessoas.

Quando cheguei à casa de João, sua mulher, Cláudia, estendia roupa no varal de arame, mas ao ouvir minha voz, empalideceu. Empurrei o portão baixo e entrei no jardim. Uma galinha cacarejava alto e fugiu entre os ramos de mandioca.

— Patrão, sinto muito, mas João não está...

Ela mostrou que não queria minha presença na casa.

— Mauro está aqui, não é?

— Sim, já que esta casa é dele.

— Soube que o barco foi roubado.

— Sim, por isso meu marido, preocupado, saiu. Parece que umas pessoas vindas do rio abaixo levaram durante a noite.

Já sabia o tipo de conversa que essa mulher ia falar. Começava com queixas sobre o marido e depois de divagar sobre sua desgraça, vinha com algum pedido de ajuda. Contudo, desta vez ela agia um pouco diferente. Estava do lado do marido, algo incomum, e falava sobre os esforços dele à procura da canoa roubada.

Por intuição, percebi que ela era cúmplice de João.

— Não tenho nada a tratar com João, vou levar Mauro embora.

Tomei a iniciativa e segui primeiro, Cláudia veio logo atrás, mas foi ela quem bateu na porta do quarto. Parei na soleira e me deparei com uma cena difícil de acreditar. Mauro e Pâmela, abraçados, estavam no sofá de couro falso, peça introduzida neste interior faz pouco tempo. A mãe de Pâmela, ao meu lado, as duas mãos na cintura, parecia que me dizia: "Que tal a intimidade do casal?" e deixou escapar até um sorriso.

Nesse momento, só uma frase resumia o que sentia: "Me enganaram." Meu susto não era diferente da galinha que, sem saber, chocou um ovo de pata e depois viu o filhote na água. Mesmo diante do pai adotivo, Mauro se mostrou calmo e nem arrumou as vestes, como se encontrasse em algum estado de demência.

Era óbvio que não tivesse entusiasmo em continuar seus estudos ou em se tornar um pescador profissional. Não era de se surpreender que com seu descuido perdeu até mesmo a canoa, que é as mãos e pés de um pescador.

Queria afastar Mauro desse quarto obsceno como um prostíbulo, decorado com cores chamativas.

— Vamos embora, o que foi roubado não tem mais jeito.

Tinha a intenção de me controlar. Não iria ralhar pelo que aconteceu.

— Não vou voltar de jeito nenhum!

A desobediência inesperada do meu filho fez com que me descontrolasse. Nos últimos tempos, Mauro cresceu e tinha a mesma altura que eu, mas se nos confrontássemos de verdade, para mim o braço dele era como um osso fino de galinha. Puxei sua mão e Pâmela caiu no chão, rompendo em um choro alto. A mãe pensou que eu fosse bater na menina e agarrou-se à minha cintura por trás; em um instante, o quarto tornou-se tumultuado.

— Quem vai voltar? Seu assassino!

Com ódio, Mauro declarou, orgulhoso. Eram palavras que eu podia deixar passar apenas como o calor do momento, mas ele disse, com toda a convicção, que eu era um assassino.

— Quem eu matei, então?

— Você matou minha mãe e roubou as joias valiosas dela, como um colar.

A barca vazia

Pela boca do meu filho, fui acusado de assassinar Eva. Diante da gravidade do fato, fiquei em pé, estupefato.

— O que está dizendo?

— Todos estão comentando. Com esse dinheiro, você comprou o pesqueiro de Santo, o ladrão de cavalos.

— De quem você ouviu isso?

— O tio João também está dizendo.

— É mesmo? E em quem você acredita? Em mim ou em João?

Encurralado, Mauro não soube o que responder. Não era por menos, ainda era um garoto. Supus com ingenuidade que estava com raiva porque surgiram boatos da saudosa mãe.

— Vamos, nos entenderemos se conversarmos.

Puxei sua mão de novo, com a intenção de guiá-lo. Nesse momento, Mauro imitou um golpe bobo de caratê e me acertou em um ponto vulnerável do braço; a dor subiu até o ombro.

— Seu tolo. Esqueceu que te criei?

Sempre cuidei para que as palavras "gratidão por ter criado" não fossem pronunciadas, seja qual fosse a situação ou mesmo no cotidiano, mas acabei rompendo o tabu. A intenção de dar um tapa transformou-se em um soco, que atingiu seu rosto. Apalpando o nariz atingido, Mauro sangrava tanto que não conseguia aparar com a mão. Vendo as duas mãos manchadas de vermelho, recostou no sofá e desmaiou. Seu rosto estava sujo de sangue e parecia uma máscara de ogro vermelha.

Cláudia estava parada em pé, sem saber o que fazer com essa situação inesperada. Pâmela fugiu sem que fosse percebida.

Deitei Mauro em uma posição confortável, rasguei com os dentes a barra da camisa e coloquei os trapos nas narinas. O sangramento parou, mas ele precisava de maiores cuidados por ter desmaiado. Eu já havia voltado à calma. Para alguém que entraria para o complicado mundo da maldade, Mauro não passava de um fanfarrão.

— Tem pinga aí, Cláudia?

— Não tem não, patrão.

— Como assim, a barriga de João está sempre cheia de pinga.

— Quer que eu vá buscar?

— Sim, diga na loja de Albino que é para mim, e ele entregará.

Feliz em fugir dessa confusão, a mulher de João foi correndo em direção ao porto. Não podia confiar em quando ela voltaria. Para acordá-lo, água gelada seria suficiente, e joguei a água do jarro de barro, que achei no canto da sala, no rosto de Mauro. Assim, ele reagiu e, ao abrir um pouco os olhos, dirigiu seu olhar para mim, mas com a cabeça confusa, tinha o olhar perdido de quem não conseguia entender a situação do incidente. Contudo, estava consciente e tentou levantar, mas eu o empurrei de volta e o fiz descansar.

De repente, lá fora ficou agitado. Apareci na porta; não sei qual a história que a mulher de João contou, todos entravam ruidosamente no jardim, a começar por Luís, o delegado e seus subordinados, o grupo do bar de Cascudo e João, à frente deles.

— O que foi, companheiro? A mulher do João veio chorando dizendo que você matou o filho a socos.

O delegado de nariz vermelho indagou, sem perder sua oportunidade de aparecer.

— Não foi nada, apenas uma discussão de família. Saiu um pouco de sangue do nariz, mas já está acordado.

O delegado fez uma cara de "Só isso, e fez um escândalo" e já ia embora. Mas João gritou:

— Pessoal, não podem assistir calados a esse incidente. Isso é um ato de violência contra um menor de idade. Não é a educação rigorosa de um pai, eles nem são pai e filho, não possuem nenhum tipo de laço de sangue. Jogou o menino para minha irmã cuidar como um filhote de cachorro, bem, pelo menos pagou pela comida.

Alguns riram.

— Ainda há coisas que quero que saibam. Eu conheço Mauro desde que era pequeno. Não se sabe o paradeiro da mãe verdadeira, mas dizem que ela tinha muitos objetos de valor. Bem, mesmo que seja um boato, não posso deixar dessa maneira um caso de agressão.

Gritou com escândalo, e os amigos de bebedeira de João levantaram juntos vozes de apoio. Esse grupo era formado por pessoas de oposição a Luís.

O dono da farmácia ganhou a eleição, mas ainda não assumiu o cargo. Nesse importante período, havia o risco de se expor se tratasse com condescendência o problema do amigo na frente dos adversários. Mesmo reconhecendo de alguma maneira minha ajuda, Luís julgou que não poderia ignorar o problema depois de ser assistido por outras pessoas.

Ele cochichou algo para o subdelegado Albino. Nos últimos tempos, o delegado engordou bastante, até para entrar na sua loja despendia um grande esforço. O bom humor de quando o encontrei pela manhã desapareceu, ele estava aborrecido.

— Como eles estão te acusando, eu, como delegado interino, não posso ignorar. Tenho assuntos que quero interrogar também, queira me acompanhar.

Havia um policial enviado da delegacia e seu posto também servia de cela. Fui trancado ali. Era um prédio cercado de velhas tábuas, a fundação já apodrecia. Disseram para chamar se houvesse uma necessidade, mas o subdelegado saiu para algum lugar.

Era uma pena que, com esse incidente, a situação chegasse a esse ponto. Porém, mesmo que fosse outra época, as pessoas tornariam a fazer a mesma coisa? Percebi que o que minha mãe desejava para mim era o mesmo que eu queria para Mauro. O filho adotivo que nunca mais voltaria, infelizmente tornou-se um estranho; no entanto, o problema era o que explicar sobre os boatos de Eva, quando houver o interrogatório do subdelegado. Deveria testemunhar, dizendo a verdade como aconteceu ou obedecer ao conselho de Santo e dizer que seu paradeiro era desconhecido? A verdade, nesse caso, traria suspeita e decidi apostar em Santo.

Porque, por onde quer que a procurassem, não precisava me preocupar com o paradeiro da mulher que deixou a criança aos meus cuidados e fugiu. Fazia quinze anos desde que Eva morreu, era lamentável ter esse tipo de preocupação em relação à falecida. Depois do meio-dia do dia seguinte, fui chamado pelo subdelegado e interrogado sobre as linhas gerais do incidente. Contudo, não fizeram uma pergunta sequer sobre Eva, com o que estava preocupado.

Como não encontrei com Mauro desde então, perguntei como ele estava.

— O garoto? É como se tivesse tropeçado e caído no chão, só sangrou um pouco. Deve estar sendo mimado como o genro de João.

Os outros dizem qualquer coisa. Eu ouvia com um sentimento perplexo.

— Mário, não se deve esperar nada das crianças.

Albino tem três filhas que não se parecem com os pais, são moças lindas, mas toda vez que uma delas traz um homem que de gosta, ele grita:

— Seus cães, sumam daqui!

O grito já se tornou famoso em porto S. O subdelegado tinha simpatia por mim, avisou que Luís foi ao bairro SC para buscar algum reconhecimento da autoridade a respeito desse incidente.

Eu estava mais calmo, experimentando alguns dias de xadrez. Não tinha liberdade, mas era muito mais confortável do que uma viagem ao relento. Ganhava três refeições por dia, não precisava me preocupar com a chuva e o vento. Passei dias meditativos, que não tive durante minha vida, e percebi o quão frágeis são os laços entre as pessoas.

Luís veio na tarde do terceiro dia. Com as evidências que possuíam, não era caso para me indiciar, disse que fatos como esse são comuns no mundo; contudo, havia o outro lado e não poderia me libertar sem qualquer represália. Ele me disse que perguntou aos maiores interessados, João e Mauro, quais eram suas intenções, e meu filho adotivo declarou que não queria mais morar comigo, e queria João como seu tutor. Disseram que se eu concordasse com essas condições, poderiam esquecer tudo.

Agora que Mauro não quer mais morar comigo, não há sentido em ser seu tutor. Poderia desistir disso e não me importava com o cão que o adotasse.

Luís falou que prepararia os documentos logo, mas se possível, eu deveria arranjar por conta própria um fiador para me buscar. E enfatizou que não poderia ser nenhum dos seus amigos.

Soube que estava em apuros e precisava pedir ajuda. Porém, percebi que não havia ninguém. Ou eram pessoas que jamais pediria favores ou aquelas que não pensariam duas vezes antes de recusar. Mesmo procurando por este ou aquele conhecido, não me veio à cabeça nenhum nome a quem pudesse pedir ajuda. Depois de pensar muito, lembrei-me da família Dias, cuja fazenda já havia morado uma vez. O fazendeiro Gonçalves morreu, mas sabia que os dois garotos que salvei do acidente no rio estavam bem. Pois João (não o irmão de Inês), um dos integrantes da família Dias e que morava no bairro pobre da cidade P, morreu jovem de alcoolismo, mas a viúva, com a ajuda dos parentes, conseguiu uma vida mais confortável do que na época em que João era vivo. Quando descia para a cidade P, pousava por lá e ouvia muitas notícias da família. O irmão mais novo de Gonçalves, o comerciante Léo, também faleceu. Soube que a filha, Maria Irene, casou-se com um paulista.

Pensei em pedir para alguém da fazenda ser meu fiador. Porém, não tinha muitas expectativas a respeito. Se dissessem: "Não conhecemos o tal andarilho", seria o fim. De qualquer modo, pedi para o subdelegado enviar alguém. Depois de verificar que poderia pagar as despesas de viagem, ele logo arranjou um mensageiro. Foi um dia longo para quem espera.

— Saia, vieram te buscar.

O subordinado avisou com um sorriso. Na sala de espera que dava para a cela, encontrei com dois homens que vieram da fazenda. Com chapéu de couro, botas, calças de couro com costura decorada e cinto com balas, os rapazes vieram com roupas de vaqueiro. Passou-se um distante, enevoado e longevo tempo, desde que salvei os dois garotos que quase se afogaram quando a canoa virou no rio agitado após uma chuva. Havia esquecido seus rostos naquela época. Contudo, podia ver, pelo comportamento, sua altivez como a mais importante família dessa região.

A primeira coisa que um deles me disse foi:

— Tio Mário, o que aconteceu? Ele perguntou, mostrando simpatia.

— Não foi nada, só uma briga de família, meu protegido aprontou uma. Desculpe o trabalho.

Até esqueci o nome dos dois. Ao pensar no quão absurdo isso era, meu peito encheu-se de emoção. O mais alto disse para o subdelegado, como se ele fosse insignificante:

— Então, vamos levá-lo.

— Vamos indo, tio? Pode descansar mais na fazenda.

Depois de sair acompanhado pelos jovens, o subdelegado devolveu o cinto com a carteira que tomaram quando fui preso.

— Pague a recompensa para o mensageiro.

Ele me alertou. Estava tão excitado que esqueci por completo do gasto do mensageiro até a fazenda dos Dias.

— Foi o mensageiro que viu, mas parece que a cabana do seu pesqueiro virou cinzas.

Eu não me surpreendi com a notícia inesperada. Não dizem que a desgraça refaz seus passos? Não há como investigar quem foi o autor, mas basta alguém cair na desgraça que o pior acontece. Sabia que estavam me obrigando a não vir mais para porto S.

A barca vazia

No cais, uma canoa com motor estava atracada. Ao dar partida, o barco dividia as ondas e começou a subir o rio. Provavelmente será a última vez que verei a torre da igreja amarela, no alto do morro, e as casas do porto. Estava acostumado a ver por tantos anos, mas não sentia nenhuma emoção. Deve ser porque não era o momento para isso, pois havia uma dor mais aguda em meu coração. Era algo que desde o início não deveria ter me envolvido, saí machucado. No entanto, meus nervos aguentaram a briga desta vez e, isso me fez recuperar a autoconfiança. As amargas experiências dessa região agreste me curaram.

— Ah, lembrei. Não estamos mais à vista dos estranhos, então não vai se importar, não é? A prima disse para o tio amarrar isso no pulso e nos entregou. Tome.

Entregou-me um cordão chato trançado, de linha vermelha.

— Quem é a prima?

— A prima Irene.

Eles, que são primos de sangue, riram alto.

— Ouvi da viúva da cidade P que ela tinha se casado.

— Ah, isso? Ela se casou com o filho de um fazendeiro próximo da cidade A, mas o homem era um vagabundo. Por isso, depois de separada, veio para a fazenda. Talvez ela volte a pedir mais alguma coisa.

Com isso, entendi o significado do cordão vermelho. Não sou um homem digno de ser recebido. Nos últimos anos, como forma de subsistência, limpei escamas de peixes e os sequei com sal; por isso esqueci tudo o que não era necessário para ser um pescador. E agora, não possuía mais a canoa nem o pesqueiro. Eu só queria descansar alguns dias na fazenda antes de partir para a próxima viagem.

Fim

Maria Irene[3]

Quando João me entregou um cordão vermelho, na canoa que ia em direção à fazenda dos Dias, e soube que era um presente de Maria Irene, agora moradora da fazenda, gritei no meu íntimo: "Oh, não!". Independente da verdade sobre o incidente, salvo por um membro da família Dias como fiador, fui libertado da prisão; se possível, não gostaria de me encontrar com ela nessas condições: "Bom, não tem outro jeito", tentava me convencer. Ficarei uma semana e pensava em viajar sem destino assim que recuperar minhas forças. Preferiria ser expulso a ver outras pessoas sentindo pena de mim. Contudo, esse caso com meu filho adotivo, no qual quase fui condenado, atingiu-me seriamente.

Ao chegar à fazenda, fui bem recebido, e Maria Irene conversou comigo sem demonstrar qualquer atitude de desprezo, o que foi até uma surpresa. Espantei-me também com sua mudança física. É óbvio que mais de quinze anos se passaram; mas pela idade, ela ainda deveria estar no auge da beleza. No entanto, por alguma preocupação séria em sua mente, demonstrava uma melancolia devido ao desespero ou a ansiedade, sob as sobrancelhas e ao redor dos olhos estava escuro e abatido. Pelo que ouvi, ela se divorciou. Deve ser algum problema dessa natureza. Seja como for, não queria me envolver em seus problemas pessoais.

No dia seguinte, Maria Irene disse:

— Farei uma viagem de dois ou três dias. Talvez se estenda um pouco mais, mas depois disso tem um assunto que gostaria de pedir seu conselho. Pense nisso como uma ajuda e espere até que eu volte, está bem?

---

[3] Manuscrito incluso pelo autor em 2003.

Com um modo insinuativo de falar, tive que prometer sem protestar. Mesmo que não soubesse qual o assunto que Maria Irene queria tratar, não poderia sair até que retornasse.

Convidado pelo agora falecido Gonçalves, vim uma vez à festa de São João, no casarão da fazenda dos Dias e ouvi Maria Irene criticar seus parentes; agora isso faz parte de um passado distante. Minha vida mudou. E a vida dela também. Houve, na família Dias, nascimentos e mortes, mas pelo que observei desse resistente casarão, o período de dez anos não mostrou qualquer sinal de decadência. Ao invés disso, quem mudou foram seus habitantes.

Mesmo observado de longe, este casarão era a sede da família Dias, semelhante em aparência a um forte de um castelo medieval. Ao fundo, enormes rochas se sobrepunham, formando uma elevação; na frente havia um pântano e dos dois lados da bela construção localizavam-se as casas dos vaqueiros; a cerca para prender o gado se estendia em toda a volta da casa. No passado houve disputas por limites de terras e dizem que até hoje eles não se davam bem com os vizinhos.

Na época em que a família se instalou aqui, um habilidoso carpinteiro deve ter vindo do país de origem da família, a madeira era toda da mata nativa, escolhida somente entre as mais resistentes e, fabricando dela os caibros e as tábuas, eram colocados em seus devidos lugares. A maior parte da construção era encaixada, os pregos só eram utilizados em locais indispensáveis. O estilo da casa era de piso alto, por isso várias toras de madeira foram fincadas no chão e por cima delas se ergueu o casarão. Sem poder resistir contra o mais longo período de intempérie, havia algumas partes que apodreceram, mas a construção em si parecia indestrutível. O casarão todo estava escurecendo, dando um ar ainda mais imponente, especialmente as telhas envelhecidas que adquiriram uma elegância austera, como cerâmica antiga, enriquecendo a história do prédio, como se simbolizasse a linhagem robusta e persistente que sobrevivia nesta terra desolada do interior do Brasil.

A encarregada de cuidar da visita, uma menina esperta de uns dez anos, chamava-se Carina:

— Tio Mário, este será seu quarto.

O aposento ficava à direita, no início do corredor que ligava a sala de visitas e a cozinha; se fosse um hotel, seria o que se chamaria de quarto número um. Era apropriado para um andarilho que acabou de chegar: havia uma cama com enchimento de palha e embaixo um penico, na cômoda do canto da parede, um jarro de barro com água e uma caneca esmaltada, além de uma lâmpada a querosene. Apenas isso; não havia nada mais além do necessário. Considerando o que se precisava para uma pessoa passar a noite, além de dormir e fazer as necessidades, e retirando-se todas as coisas supérfluas, seria um quarto como esse. E eu não tinha do que me queixar. Para mim, que passei noites ao relento, sou grato por estar apenas embaixo de um teto.

João disse: "Fique à vontade", mas ao pensar no passado solitário e na vida daqui para frente, não conseguia dormir. Além disso, no meio da madrugada, alguém se levantou e, em algum quarto ecoava o ruído sem reservas de uma pessoa urinando. Achei engraçado e comecei a rir sozinho. Isso me fez relaxar e acabei dormindo até o amanhecer.

A manhã dos vaqueiros começava cedo. Na hora em que clareava com o nascer do sol, eles já haviam saído, cada um para fazer sua tarefa. Já que eu era tratado como visita, era melhor agir como tal. Depois que os homens saíram, Maria Irene reuniu as crianças da família na sala de visitas e começou a aula. Eu assisti, vendo-a ensinando com paciência e atenção. A partir do dia seguinte, ela suspendeu as aulas por um bom tempo e foi para a cidade C, na qual passava a estrada de ferro N. Diferente do passado, foram abertas estradas estaduais, tornando o acesso mais fácil, mas a viagem durava meio dia até o povoado chamado Bolsa do Bobó, mesmo de carroça de duas rodas. Além disso, uma mulher viajando precisava de um acompanhante. Seguindo rastro de rodas que só aparecia na estação seca, precisava abrir a porteira da fazenda

A barca vazia

183

vizinha, cumprimentar o dono e pedir permissão para passar pela propriedade, seguindo o costume da região, pois havia estradas particulares nas grandes fazendas, inexistindo estradas públicas. Chegando ao povoado, tinha que aguardar o ônibus, que passa apenas uma vez por dia. Como não era possível avisar a fazenda no retorno, alugavam-se dois cavalos no povoado. Seja como for, por que ela teria que empreender tão dificultosa viagem?

Suspeitei que fosse sobre algum assunto pessoal muito sério, mas que conversa ela teria para um pássaro sem ninho como eu? Com o início dos dias tediosos, fui para a varanda e me estirei na espreguiçadeira, sorvendo o ar úmido da manhã, que cheirava a excremento e urina de animais. Carina trouxe em uma bandeja meu café da manhã: leite com café, um torrão de açúcar mascavo e biscoito de milho. No almoço e no jantar, além desses, havia ainda farinha de mandioca frita e um pedaço de carne seca. Era o tipo de refeição da qual um ano era como um dia, ou seja, sem qualquer mudança. O estilo de vida dessa família, ainda que possuísse milhões em fortuna, não era diferente da vida de um simples vaqueiro. Mesmo assim, seguindo o costume da região de tratar bem as visitas, meus utensílios eram todos de prata. A única a receber esse tipo de tratamento na família era a vó Isaura; até mesmo João e seu irmão faziam as refeições em pé na cozinha ou sentavam-se nos degraus da escada, cruzando uma perna sobre a outra. As mulheres também faziam as refeições nessa posição, mas a saia longa escondia a parte inconveniente.

— Carina, sente saudades da tia Irene?

Perguntei por que Maria Irene tinha um cuidado especial com Carina e parecia ter muito afeto por ela.

— A mana vai muitas vezes para a cidade C, por causa de um assunto importante. Fico contente porque ganhamos livros de presente, mas...

Carina, com sua cabeça de criança, estava apreensiva pela mana, pressentindo que ela carregava uma grande preocupação.

— É mesmo? Você já consegue ler livros?

— Sim, consigo, até sei assinar. Quando crescer mais, vou pedir para papai me matricular na escola da cidade.

Carina ouviu que havia, além da terra agreste em que se criou, um mundo maravilhoso e que tinha de tudo, parecendo sonhar em viver nele. Entretanto, qual das duas opções seria a mais feliz: viver na cidade grande e estudar ou casar-se com alguém da região e passar toda a vida nesta terra? Certamente seria uma pergunta difícil de responder. De fato, não sabia o que estava acontecendo com Maria Irene, imaginava que fosse um desses exemplos.

Soube por Carina que Maria Irene carregava um grave problema pessoal e, por esse motivo, ia com frequência à cidade C. Eu suspeitava que nem mesmo os parentes sabiam a razão. Meu palpite era que a angústia que carregava tinha natureza que não poderia confessar com facilidade para os familiares, e por consequência, ela deveria resolver por conta própria. Quando não aguentava mais, eu apareci com minha cara desgraçada.

Maria Irene retornou da viagem de doze dias. Mesmo que fosse uma viagem cansativa, surpreendi-me com sua fadiga. Era evidente que o resultado não era o que esperava. Enxerguei nela o caule da flor podada que, por não receber mais nutrientes, exauriu suas forças e caiu murcha.

Apesar disso, as aulas recomeçaram no dia seguinte. As crianças transbordaram de alegria ao receberem os presentes de viagem da professora, como livros ilustrados, cadernos e lápis de cor. Nesse dia, também assisti à aula. Ela ensinava com paciência e empenho. Parecia que ela ensinava com mais dedicação ao ter como crença que se hoje essas crianças aprenderem a ler e a escrever, enquanto elas viverem, vão se lembrar com gratidão da professora.

Assim que a aula acabou, e esperando que os alunos saíssem da sala, Maria Irene, com uma expressão decidida, convidou-me:

— Depois do almoço, vamos de canoa até a região onde morava no passado?

Sabia que não se tratava apenas de um passeio de barco. Tinha até a convicção de que ela falaria sobre o assunto que eu não imaginava e que me deixava em dúvida. Mas seja qual for a conversa, seria uma boa oportunidade para deixar a família Dias.

O tempo estava bom nesse dia, mas desde manhã o calor abafado indicava que as condições mudariam. Porém, diferente do mar, era um passeio sem perigos. Afastando a canoa da margem, descemos o rio e, após um tempo remando, ela disse:

— Mário, escute o que tenho para dizer.

Contou sobre o próprio divórcio. Eu conhecia por cima a história por meio de João. Ela apenas acrescentou mais detalhes.

Não revelaria a ninguém sobre o meu passado e muito menos queria saber o dos outros. O que lucraria contando sobre sua vida para um errante como eu?

— Eu não vou viver por muito tempo.

De repente, ela cobriu o rosto com as mãos e rompeu em um choro convulsivo. Pego de surpresa, fiquei confuso. Não imaginaria que carregava tal problema a ponto de se desesperar na minha frente, apesar de aparentar esgotamento.

— Não viverá? Quer dizer que está doente?

— Sim, não consegui fazer os exames na cidade C, então fui até a cidade B, no estado de São Paulo.

— Que tipo de exames fez?

— Mário, você conhece a AIDS?

— Conheço apenas de ler em jornais antigos, às vezes. O que tem essa doença?

— Eu tenho essa enfermidade. O resultado deu positivo.

Não conhecia com detalhes essa doença. Contudo, sabia que era transmitida pelo uso de drogas ou por sexo com o portador do vírus. Tinha uma vaga ideia de que era transmitida entre casais promíscuos, pessoas que interpretaram erroneamente a filosofia existencialista.

Desde que reencontrei com Maria Irene, senti pouca vitalidade nela, mas não imaginaria que ela sofresse com essa doença desgraçada.

— Por quê? Como foi contagiada?

— Foi o Gerson, meu ex-marido. Parece que ele agora está à beira da morte.

Ela não poderia revelar a ninguém da família sobre a doença. Se souberem que está infectada com esse mal sem cura, correriam boatos, e era possível que fosse expulsa da fazenda. Carregando esse grave problema e sofrendo sozinha, soube que eu viria de porto S e, como um afogado que se agarra a qualquer palha, ela decidiu me contar tudo. Porém, tudo depende da situação. Assim como posso ajudar, há assuntos em que não há o que fazer. Mesmo desejando se sacrificar pela pessoa amada, muitas vezes não há mais jeito.

De olhos vermelhos de choro, ela parecia envergonhada pelo comportamento indiscreto, assim que suas emoções se acalmaram.

— Mesmo ouvindo sua confissão Maria Irene, não posso te ajudar em nada. Não sei sequer o que vai acontecer comigo daqui em diante.

— Tem razão, fui imprudente. Você recusou meu plano de reformas, então primeiramente construí um moinho para puxar a água. Pedi ainda para meu pai comprar algumas cabeças de gado de uma espécie que engorda comendo apenas ração simples. A começar pelos resultados, tudo fracassou. Não sei se houve desleixo com a construção, mas no dia de uma grande ventania, o moinho desmoronou; o gado que comprei, ao invés de engordar, aos poucos emagreceu e acabou morrendo. Alguns da família riram de mim pelas costas e, também por me sentir desconfortável morando na fazenda, voltei para a casa de meu pai. Por algum tempo, fiquei desesperada e frequentava as reuniões noturnas dos *hippies* da cidade. Foi nessas reuniões que conheci o filho único de um fazendeiro da vizinhança, Gerson. Ele era viciado em tóxicos. Eu também experimentei algumas vezes, mas não cheguei a me viciar. Além disso, ele tinha tendências homossexuais.

A barca vazia

Eu não suportava isso e, ao falar em divórcio, ele chorava e implorava meu perdão, mas logo voltava ao que era antes. Nessa época, meus pais morreram um atrás do outro. Ele também foi abandonado pelos pais há muito tempo, a fazenda era administrada pelo primo. Fiquei farta da nossa vida e, como restava um pouco da herança dos meus pais, decidi mudar para a fazenda dos Dias e trazê-lo comigo; entretanto, ele não conseguia mais sair da vida miserável que levava e vim sozinha. Não sei quantos anos já se passaram. De acordo com a carta de um amigo, meu ex-marido está internado num hospital para pacientes aidéticos. Assim, como meu exame deu positivo, os sintomas podem aparecer a qualquer momento.

A violenta agitação de seus sentimentos deve tê-la impulsionado a fazer essa longa confissão, mas depois disso restou uma atmosfera constrangedora entre nós.

— Se tiver algo que queira que eu faça, diga. Ajudarei no que puder.

Não podia deixar de consolá-la, nem que fosse da boca para fora. Além da confissão, Maria Irene talvez esperasse algo de mim, mas o que eu poderia fazer? Mesmo que sentisse pena de uma mulher com uma doença desgraçada, já estava velho demais para dedicar uma vida inteira cultivando meu amor por ela. Acabei de ter uma experiência amarga por ter simpatizado com os sentimentos de Eva, tornamo-nos um casal e criei seu filho, que foi como chocar uma cobra que picou minha própria mão. Resolvi não me importar mais com os outros. Além disso, não gostava do desânimo doloroso de Maria Irene. Por mais que carregasse um fardo pesado e sofresse, gostaria que ela mantivesse o ar de orgulho e resolução, e não se confessasse com tanta facilidade.

Nesse momento, um trovão ressoou de repente na direção da fazenda. Eu estava voltado para a proa e remava, enquanto Maria Irene estava concentrada demais em sua longa confissão e não percebemos a mudança de tempo às nossas costas. A cabana estava logo à nossa frente, mas se voltarmos o barco para retornar chegaríamos ao casarão sem tomar chuva. Era cúmulo-nimbos de verão. Pela velocidade de crescimento, calculei que teríamos tempo para chegar.

— Deixaremos a cabana para outro dia — disse, pedindo sua aprovação.

Maria Irene mostrou um sorriso um tanto irônico, mas não se opôs. As nuvens de chuva desviaram, e nós retornamos para a fazenda sem encontrar com a chuva. No entanto, esse passeio de barco de três horas virou notícias entre a família Dias.

No dia seguinte, percebi que Carina, trazendo o café da manhã, segurava um riso estranho. Sempre me cumprimentava e logo saía ao deixar a bandeja, mas nesse dia em particular ela me observava de cima a baixo.

— Carina, tem alguma coisa grudada no meu rosto?

Perguntei. A criança, distraída com algo, voltou a si com susto.

— Não é nada.

Disse e fugiu para a cozinha.

Quando Maria Irene começou a aula, a expressão dos alunos estava diferente do habitual. Da rede conseguia ver toda a classe. Alguns deles riam. A aula terminou e, quando os alunos estavam indo embora, alguém gritou: "Estão namorando!".

Maria Irene veio para a varanda com uma expressão mal-humorada.

— Parece que nosso passeio de ontem virou boato. Será que foi um pouco imprudente? Nesta casa, as mulheres e as crianças procuram com olhos de águia por algo diferente. Só porque alguém tropeçou, vira motivo para fofocas por muito tempo. Um parente da família chamado Zé, que dizem que conseguia movimentar as orelhas como quiser, até hoje se divertem com ele, mas já faz quarenta anos que morreu, e ainda vive nas conversas.

Quanto a mim, logo deixarei a fazenda, mas percebi que envolvi Maria Irene em uma situação delicada. Foi apenas um curto passeio de barco depois do almoço. Não passamos uma noite na

A barca vazia

cabana por causa da chuva. Contudo, os moradores dessa terra remota, sejam pessoas ou animais, se andarem com alguém do sexo oposto, já olhariam como se fosse um casal.

Alguns dias se passaram. João me procurou e disse que a avó tinha um assunto para tratar comigo. Imaginei que seria algo relacionado à Maria Irene. Já havia ido ao quarto da avó, quando a cumprimentei por costume, no dia em que passei a morar aqui.

Atravessando o corredor escuro, entrei no quarto igualmente escuro da velha senhora, quase uma protetora da família Dias. João testemunharia a conversa. Mesmo sendo o quarto da vó Isabel, não significava que os móveis fossem finos ou decorados em especial. Uma cama grande e sólida ocupava um amplo espaço, e a velha senhora estava envolta no cobertor de palha fofa, recostada na cabeceira. Na parede de trás havia uma pintura santa com tintas douradas, e a luz do abajur refletia uma cor austera. A cômoda escurecida com o tempo e o baú de couro com puxador de ferro, que parecia muito pesado, estavam encostados na parede. Para mostrar meu respeito por Isabel, fiz uma antiga cerimônia, que consistia em beijar a mão dela. A expressão da senhora era tranquila, por isso achei que, se fosse expulso, seria de modo pacífico.

E por certo motivo, a avó tinha certa simpatia por mim; poderia ser apenas minha imaginação, mas foi porque ela gostou de um objeto que fiz e ofereci a ela.

Ao morar neste casarão, já contei sobre o barulho da urina à noite, quando o sono era leve e estava prestes a adormecer, ouvia a avó chamar Carina constantemente. E tinha que ser Carina. Era a prova de que ela tinha apreço pela menina, mas também pensei que seria um incômodo ser chamada toda hora. Então, na hora do café da manhã, movido pela curiosidade, perguntei à menina.

— É porque à noite, quando está deitada, suas costas coçam. Como ela não consegue se coçar, ela me chama.

— Que trabalho! Seria bom se ela conseguisse se coçar sozinha, não é?

— Sim, ela sempre pede desculpa.

Deve ser uma doença de pele comum nos idosos, e toda vez que começava a sentir coceira, chamava Carina. Sentia pena da menina. Seria uma doença curável com sabonete medicinal? Como não conseguiria um logo, tive a ideia de confeccionar um "coçador de costas" — chamado de "mão de neto", em japonês — e presenteá-la. O melhor seria usar um bambu grosso, mas não havia bambuzal na fazenda. Nos fundos do casarão, em uma região úmida, havia um aglomerado de extremosas. Procurei por uma árvore adequada, cortei dois galhos e trouxe para o casarão. Peguei uma faca emprestada, sentei na varanda e comecei o trabalho. Na ponta, onde havia uma bifurcação, raspei reto e talhei marcas; a curvatura natural deu forma ao instrumento, ganhando a aparência de uma mão.

Sem demora, entreguei o objeto para Carina, que ofereceu à avó, e esta ficou muito satisfeita ao usar para alcançar os lugares que coçavam.

— Correm boatos pela casa de que você e Maria Irene estão juntos. É verdade?

Ela foi direto ao ponto. Tinha uma dívida de gratidão com a família Dias. Para retribuir essa dívida, resolvi não esconder nada.

— Não tratamos de compromisso como casal. A pedido de Maria Irene, ouvi dela sobre assuntos pessoais.

— E sobre que tipo de assunto vocês conversaram?

A avó, mesmo em idade avançada, tinha muita lucidez e perguntava sem floreios.

— Maria Irene depositou sua confiança em mim e me contou, mas não posso revelar o assunto.

— É mesmo? Tudo bem. No entanto, Mário, você diz que não se passou nada, mas assim como diz o provérbio, onde há fumaça há fogo, e uma vez que o boato se espalhou, não pode ser apagado. Aceite se casar com ela, e eu darei minha benção. Caso contrário, terei que dar o exemplo para a família.

A barca vazia

As palavras da matriarca da família, Isabel, queriam dizer: "Casem-se e você poderá se juntar aos membros desta família. Caso contrário, saia logo". Entrei em pânico com a situação que se formou. Sendo um andarilho, não tinha qualquer receio em deixar a fazenda, mas Maria Irene provavelmente não permaneceria na família Dias. Será que ela teria um lugar para ir? Desde que me enviou aquele cordão vermelho, pensei que nossos destinos, sem perceber, foram unidos e não se afastariam mais.

No passado, conheci duas mulheres. As duas eram *nikkei*, mas de Ana me tornei inimigo e separamos. Com Eva, pensei que nos arranjaríamos de alguma maneira, mas ela veio a falecer. Com Maria Irene, imaginava que nossa relação não seria feliz com facilidade. Hesitei nas palavras de resposta:

— O que foi, Mário? Decida entre uma das opções.

Sem saber de nada, Isabel exigiu uma resposta. Quando esse problema veio à tona, tive a sensação de que acabaria de algum modo me casando com Maria Irene. Não pude deixar de pensar que o encontro com ela, mais do que apenas uma coincidência, foi uma sucessão do provável para o inevitável. A primeira vez, quando ela acompanhou Gonçalves até minha cabana, o pedido de aconselhamento de reformas na fazenda, minha fuga, e depois disso, o distanciamento de tantos anos e o reencontro. Eu estava no início da velhice, e ela sofria uma doença incurável. Contou para mim um segredo que não poderia revelar a ninguém da família e disse: "Se alguém soubesse do meu problema, me sentiria mais leve." Ela teria confiado mais em mim do que nos parentes? Mas poderia ser também por que, dependendo da situação, as pessoas não conseguem esconder suas emoções; mesmo que saibam que é irracional, sem querer partem para a ação. Nesse momento, meu coração se decidiu.

Saindo daqui, não tinha um lugar certo para ir. Não seria nada mal fazer desta região o local onde enterraria meus ossos.

— Se Maria Irene concordar, eu caso.

Ela foi logo chamada. Sem preâmbulos, vó Isabel perguntou qual seria sua escolha.

— Aceito.

Com a resposta de Maria Irene, nós dois viveríamos as alegrias e as tristezas juntos. Ao sair do quarto da avó, ela, com uma expressão desanimada, disse:

— Não está bravo com essa situação?

— Parece que já estava decidido que nos tornaríamos marido e mulher. Era para me fixar por aqui. Quero ajudá-la.

Carina veio correndo e nos felicitou: "Mana, tio Mário, parabéns!".

Desse modo, fui incluso na família Dias, mas não era agora que me tornaria um vaqueiro; sendo assim, por vontade própria, morávamos em uma cabana nos limites da fazenda, e me tornei vigia do gado. Maria Irene ia ao casarão três vezes por semana para continuar as aulas. Nosso enlace era visto com indiferença pelos que eram contra, como a união de um homem velho e de uma mulher de meia-idade. A fadiga de Maria Irene desapareceu, mas com sua boa aparência houve homens que caçoaram dela com palavras vulgares. Mas isso não significava que nossas apreensões desapareceram. Não tentei consolá-la com palavras vazias e nem conseguiria. Parecia que Maria Irene se tranquilizava só por eu estar perto.

Por falar nisso, perguntei a ela sobre o cordão vermelho, que nos uniu pelo destino e estava relacionando a nossa união:

— É mesmo. Ouvi de João o que estava acontecendo e me espantei. Mas João se tornou seu fiador e você foi solto. Então, como um sinal de consideração, entreguei para ele um cordão que estava no meu pulso como bracelete.

— Diz uma lenda chinesa que se a mulher enviar um cordão vermelho para um homem e ele aceitar, por mais que estivessem distantes, não importando quanto tempo se passe, eles certamente se tornarão um casal.

A barca vazia

193

— É mesmo? Que estranho! Foi por isso que ficamos juntos?

— Bem, isso já não sei. Contudo, nos tornamos marido e mulher, então não podemos dizer que seja uma superstição.

— Tem razão, quero que esse encontro seja importante.

Com esse tipo de conversa entre nós, em um pacífico dia na cabana de guarda, um barco de patrulha espalhava um suave ruído de motor, subindo o rio, e entrou na lagoa. A proa voltou para cá, indicando que o objetivo dele era nossa casa. Quando o casco tocou a margem, um oficial fardado pulou na areia e veio até nós.

— Você trabalha na fazenda?

Perguntou, em tom de interrogatório.

— Sim, trabalho. Mas aqui é uma cabana de guarda, portanto, se tem algum assunto oficial, é melhor ir ao casarão. Ele fica rio acima.

— Entendi. Desde ontem, venho perseguindo um suspeito, mas o perdi de vista por aqui. Ainda é jovem, mas violento, portanto tome cuidado.

O oficial, ao falar o que tinha para dizer, entrou no barco. Flutuando sobre a espuma de água da hélice, que girava ao contrário, o barco afastou-se da margem e, indo em direção rio abaixo, foi embora.

Ao voltar para a cabana, Maria Irene, preocupada, perguntou do que se tratava.

— Os guardas encurralaram um criminoso, mas o perderam de vista por aqui.

— Que terrível!

— Casos violentos têm chegado até mesmo nessa região.

— Vamos avisar o João e pedir que venham dois ou três peões?

— Não precisa. Temos Leão; ele é confiável. Se alguém vier, ele vai latir. É mesmo, tenho que verificar a arma.

Da porta, observei a lagoa que refletia a luz solar com uma cor cinza e opaca. Do outro lado da margem, havia uma moita de juncos, mas não o suficiente para uma canoa ir mais adiante e se esconder. Os guardas de certo deixaram escapar um criminoso com bom conhecimento da região, que fugiu e estava em algum lugar desse rio. O encurralado desceria o rio para onde houvesse lugares para se esconder ou casas para abrigá-lo. Contudo, se subisse o rio, a correnteza se estreitaria e, em um campo deserto, sem casas, para quem pediria ajuda? Quando o sol se escondeu no campo, como acontece com frequência, subiu vapor de água do pântano. Eu terminei a vigília e entrei na casa. Decidimos jantar mais cedo.

De repente, Leão começou a latir. Ao ouvir que latia com hostilidade, era certo que encontrou alguém estranho. Mesmo que fosse desconhecido, como há pouco os guardas vieram, não custava ser cauteloso. Carreguei a arma de dois disparos e, segurando com uma mão, desci a margem do rio com o cachorro à minha frente. Uma canoa sem motor estava à margem. Dentro dela um homem estava encolhido. Por instinto, soube que era o indivíduo que o barco de patrulha alertou para que tomasse cuidado. Previ um problema complicado, mas teria que convencê-lo para que saísse daqui. Usando como escudo o grosso tronco de figueira, que desenvolvia suas raízes na margem do rio, chamei o homem.

Ele se ergueu lentamente. Devia ter levado um tiro, pois sua camisa estava manchada de sangue e grudava na pele.

— Me acuda, pai.

O homem soltou palavras que eu nunca esperava ouvir. O rosto voltado para cá sem dúvida era o de Mauro. Juntou-se com o velho João, que tinha segundas intenções, e no incidente do sangramento nasal exaltou-se com exagero, acusando-me de agressão a menor, sendo responsável por me jogar na prisão. Além disso, ele devia saber que eu estava na fazenda dos Dias.

Pelo modo como era procurado pelos guardas, ele não era apenas um capanga dos bandidos, ele deve ter se tornado um dos líderes do bando. Mesmo na época em que era meu ajudante, mostrou um amadurecimento precoce para uma criança e era um

A barca vazia

moleque ardiloso. Era óbvio que não gozava uma vida longa, mas uma vez que cortei relações com ele, já não era mais um erro de juventude, era uma pessoa que pagou o bem com o mal.

— Quem é você? Não diga bobagens.

— Sou eu, Mauro. Me esconda, estou ferido.

— Mauro? Nunca ouvi falar. Trabalho para a fazenda. Seja quem for, se não tiver assuntos a tratar, sua entrada não é permitida aqui. Vá embora logo.

— Ah, é mesmo? Pensei que cuidaria de mim com carinho e por isso vim.

— É melhor ir embora, são as ordens do patrão.

— Pai, tenho comigo uma pequena fortuna. Não pode fazer nada por mim com isto?

— Não estou interessado. Vá fazer negócios em outro lugar.

— Está bem. Então eu vou, tchau.

Ver Mauro partir abandonado e encolhido na canoa me fez sentir um aperto no coração. Mesmo sendo uma pessoa ingrata e com péssima recordação, era o filho adotivo que criei. Sem pensar, iria gritar: "Ei, espere!", mas minha mão direita levantou e a espingarda acertou minha cabeça com uma pancada forte. Quase perdi os sentidos, mas balancei a cabeça e consegui me recuperar.

O que aconteceu com Mauro depois disso? Não contei esse assunto na fazenda, por isso não virou boato entre a família. Mesmo que morasse nesta região desolada, eu ia pelo menos duas vezes por ano ao porto P. Dias depois, passei pelo porto S e perguntei sobre Mauro discretamente para os velhos conhecidos, mas não havia notícias de que algum jovem ferido tivesse vindo se entregar ao delegado interino. Era provável que tenha morrido em algum lugar. Com isso, os vestígios de rancor e ódio enraizados no meu coração desapareceram.

Nosso cotidiano de casal era simples e monótono, por ser uma vida sem acontecimentos notáveis no campo. Foram dias tranquilos, mas não me esqueci do monstro negro que se escondia entre nós. Eu não dizia nada a Maria Irene, mas essa vida na cabana continuaria até que ela começasse a mostrar os sintomas da doença. Se essa enfermidade fazia perder qualquer resistência a micróbios externos, contrair uma doença qualquer poderia levá-la à morte. Por isso, Maria Irene evitava contato, quando possível, com pessoas de fora. No entanto, um dos parentes foi à cidade e trouxe uma gripe. Tiveram os que ficaram acamados, mas se curaram sem maiores problemas. Porém, a gripe de Maria Irene persistiu, e como uma flor que não recebe água, aos poucos definhou. Ela não falava sobre a própria morte, mas eu sabia que isso a levaria. Só não imaginava que seria uma vida de apenas poucas horas. Dei uma saída e, ao voltar para a cabana, Maria Irene já estava fria. A causa da morte foi gripe, e por sorte a família Dias não soube da verdadeira causa.

Hoje era cada vez mais difícil ganhar a permissão, mas o corpo de Maria Irene, obedecendo a uma antiga tradição da fazenda, foi sepultada no cemitério da família, nos fundos do altar dedicado ao santo protetor da família Dias. Nessa preciosa área, havia muitos pés de angico, cujas folhas estreitas caíam espalhando-se e cobriam o chão na estação da seca. Antes da primavera, recebendo a primeira chuva, nasciam os brotos cor de caramelo de uma só vez e, por fim, cachos de flores brancas pendiam como se fossem oferendas ao túmulo.

Carina frequentava a escola ginasial da cidade N, como desejava. Pelas notícias que ouvia eventualmente, ela era aclamada como criança prodígio, fato inexistente desde a fundação da cidade. De tempos em tempos, Carina enviava-me cartas, nas quais dizia que, como era do interior, às vezes cometia deslizes e todos riam dela, mas se orgulhava porque nas aulas, apesar de serem fáceis, ninguém conseguia ser páreo para ela. Escreveu também que no futuro queria ser médica. Ela teria pensado em se dedicar à medicina, pois ainda sofre por Maria Irene, que a tratava com tanto carinho, ter morrido ainda jovem. Escrevi uma resposta, encorajando-a a se dedicar aos estudos e a cumprir seu objetivo.

Depois que Maria Irene morreu, João, preocupado, deixou a vigia para outro casal e me levou para morar no casarão. Nessa região desolada, diziam que as pessoas não gozam de longevidade, e de fato, meus cabelos, nos últimos dois anos, tornaram-se brancos. Quando jovem, perdi o autocontrole devido a um ataque momentâneo e arruinei meu destino, mas depois disso nunca mais ocorreu aquele tipo de incidente.

Nesse ano, falava-se muito sobre um projeto de ligar o sul ao norte por uma rodovia federal. E essa estrada de via expressa dupla passaria próxima a outra margem do pântano em frente ao casarão. Como se comprovasse o fato, um grupo de medição de terras fincou postes de madeira. Como o boato já correu uma vez, não se podia dizer com certeza se seria realizado, mas também não havia provas para refutar. Mesmo que fosse posta em prática, a construção ainda era coisa futura, e se a rodovia passasse por dentro da fazenda, até a família Dias teria que se adaptar a nova realidade; se a credibilidade desse projeto aumentar, gostaria de trabalhar para retribuir os favores. No entanto, lamentava a morte ainda jovem de minha companheira Maria Irene.

Nesse dia, saí da casa e fui até a outra margem do pântano, por onde dizem que o grupo de medidores passou dias antes. Para minha surpresa, a paisagem havia mudado drasticamente. Do casarão não era possível notar, mas do pântano a sede da família Dias parecia um forte construído em cima de um platô. Subi o monte de pedra nos fundos do casarão. Apreciei a vista do horizonte para o sul, quando, numa porção em que ficava indistinta devido ao vapor de água, percebi a rodovia, parecendo uma fita preta, como se fosse uma miragem.

Por sorte ou azar, não demoraria a obra que faria a família Dias se transformar.

Ao voltar para casa, estava muito cansado. Tomei banho e almocei, deitei na rede e acabei adormecendo, sonhando com um mundo futuro ao qual eu já não pertencia mais.

Dentre os viajantes que passam pelo posto de gasolina, há os que abastecem ou estacionam o carro para tomar uma xícara de café, a fim de tirar o sono. Dependendo da pessoa, olhavam além do pântano para a grande construção na elevação, perguntando: "O que é aquilo?". Ao saber que era uma construção histórica de duzentos anos, alguns viajantes queriam visitá-la, por isso, ao lado da estrada havia uma placa escrita: "Entrada para a fazenda dos Dias".

Por um raro acaso, cinco viajantes japoneses subiram até lá. O vigia, velho Luca, querendo uns trocados, disse para o guia *nikkei*: "Em nossa família também tivemos um japonês". Os visitantes, interessados na explicação do guia, foram até o cemitério nos fundos do altar, dedicado ao santo protetor da família. Ali, na cruz feita de madeira de ipê, os visitantes pararam diante da lápide esculpida: TSUGUSHI ZINZAI.

Entre eles, havia um técnico que veio estudar as fazendas do Brasil e, apesar de não saber que tipo de pessoa foi o dono do túmulo, tentou imaginar os ideogramas do nome: deve se escrever 神西継志[4]. Perguntou, através do guia, que tipo de pessoa ele era. Então o velho respondeu: "Não sei bem. Apenas o vi quando era criança. Nossa geração era diferente".

Então o guia disse: "Naquela época, para um japonês vir morar nessa terra deserta e quase sem estradas, devia ser um andarilho louco. Talvez foi de alguma serventia para a fazenda, já que foi enterrado aqui pela gentileza do dono da propriedade".

Fim

---

[4] Jinzai Tsugushi, em ideograma japonês. (N. da T.)

A barca vazia

Impresso em São Paulo, SP, em setembro de 2015,
com miolo em off-white 80 g/m²,
nas oficinas da Assahi Gráfica.
Composto em Minion Pro, corpo 11 pt.

Não encontrando este título nas livrarias,
solicite-o diretamente à editora.

Escrituras Editora e Distribuidora de Livros Ltda.
Rua Maestro Callia, 123 – Vila Mariana – São Paulo, SP – 04012-100
Tel.: (11) 5904-4499 / Fax: (11) 5904-4495
escrituras@escrituras.com.br
imprensa@escrituras.com.br
vendas@escrituras.com.br
www.escrituras.com.br